O Príncipe da Névoa

CARLOS RUIZ ZAFÓN

O Príncipe da Névoa

Tradução
Eliana Aguiar

11ª reimpressão

Copyright © 1993 by Carlos Ruiz Zafón

Grafia atualizada segundo o Acordo Ortográfico da Língua Portuguesa de 1990, que entrou em vigor no Brasil em 2009.

Título original
El Príncipe de La Niebla

Capa
Ventura Design

Imagem de capa
© Kai Tirkkonen/Getty Images
© Travelpix Ltd/Getty Images

Revisão da tradução
Elisabeth Xavier de Araújo

Revisão
Suelen Lopes
Tamara Sender
Joana Milli

cip-Brasil. Catalogação na fonte
Sindicato Nacional dos Editores de Livros, rj

Z22p
    Zafón, Carlos Ruiz
        O príncipe da névoa / Carlos Ruiz Zafón; tradução Eliana Aguiar. – 1ª ed. – Rio de Janeiro: Suma, 2013.

        Tradução de: El príncipe de la niebla.
        isbn 978-85-8105-122-2

        1. Romance espanhol. I. Aguiar, Eliana. II. Título.

12-8856
                      cdd: 863
                      cdu: 821.134.2-3

Todos os direitos desta edição reservados à
editora schwarcz s.a.
Praça Floriano, 19, sala 3001 – Cinelândia
20031-050 – Rio de Janeiro – rj
Telefone: (21) 3993-7510
www.companhiadasletras.com.br
www.blogdacompanhia.com.br
facebook.com/editorasuma
instagram.com/editorasuma
twitter.com/Suma_br

Para meu pai

UMA NOTA DO AUTOR

Amigo leitor:
Talvez o mais aconselhável fosse pular estas palavras e ir diretamente ao início do romance, já que um livro deveria falar por si mesmo, sem necessidade de preâmbulos. Mas, se a origem da história que você tem nas mãos desperta sua curiosidade, prometo ser breve e sair do seu caminho em poucas linhas.

O príncipe da névoa foi o primeiro romance que publiquei e marcou o início de minha dedicação completa a esse ofício singular que é o de escritor. Tinha 26, 27 anos na época, o que na ocasião me parecia muito e, na falta de um editor, tive a ideia de apresentá-lo num concurso de literatura juvenil (terreno que desconhecia por completo): tive a sorte de ganhar.

Na verdade, quando era moleque não costumava ler romances catalogados como "juvenis". Minha ideia de um romance para jovens era a mesma que tinha de um romance para qualquer leitor. Sempre tive a impressão de que os leitores jovens são, talvez, mais vivos e perspicazes que os mais velhos, e que, se diferença há, é porque têm menos reverência e menos preconceitos. Com eles, ou o autor ganha o leitor ou é despachado sem considerações. São um público difícil e exigente, mas gosto de seus termos e creio que são justos. No caso de *O príncipe da névoa*, na falta de outras referências, resolvi escrever um romance que eu teria gostado de ler quando tinha 13, 14 anos, mas que continuasse a me interessar também aos 23, 43 ou 83.

Desde a sua publicação em 1993, *O príncipe da névoa* teve a sorte de ser muito bem-recebido entre os jovens e também entre os não tão jovens. Mas uma coisa ele nunca teve até o dia de hoje: uma edição digna, que fizesse justiça aos seus leitores e à própria obra. Depois dos inúmeros percalços pelos quais este livro e seu autor passaram durante quase 15 anos, o romance chega pela primeira vez às mãos dos leitores da maneira como deveria ter chegado desde o início.

Ao revisitar um livro escrito há tantos anos, o romancista se sente tentado a usar algumas coisas que aprendeu na prática de seu ofício para reconstruir e reescrever quase tudo, mas nesse caso achei que devia deixar a obra tal como é, com seus defeitos e sua personalidade intactos.

O príncipe da névoa é o primeiro de uma série de romances "juvenis", junto com *O palácio da meia-noite*, *As luzes de setembro* e *Marina*, que escrevi alguns anos antes da publicação de *A sombra do vento*. Alguns leitores mais maduros, levados pela popularidade deste último, talvez se sintam tentados a explorar essas histórias de mistério e aventura. Espero também que alguns leitores novos possam, caso apreciem a história, iniciar suas próprias aventuras na leitura pela vida afora.

A uns e outros, leitores jovens e jovens leitores, só me resta transmitir o agradecimento deste contador de histórias, que continua tentando merecer seu interesse, e desejar-lhes uma boa leitura.

Carlos Ruiz Zafón
Maio de 2006.

CAPÍTULO UM

Muitos anos haveriam de passar antes que Max esquecesse o verão em que, quase por acaso, descobriu a magia. Corria o ano de 1943 e os ventos da guerra inevitavelmente empurravam o mundo ladeira abaixo. Em meados de junho, no dia em que Max fazia 13 anos, seu pai, relojoeiro e inventor nas horas vagas, reuniu a família na sala e anunciou que aquele era o último dia que passariam naquele que tinha sido o seu lar nos últimos dez anos. A família ia se mudar para a costa, longe da cidade e da guerra: uma casa perto da praia, num vilarejo às margens do Atlântico.

A decisão era definitiva: partiriam ao amanhecer do dia seguinte. Até lá, deveriam empacotar todos os seus pertences e se preparar para a longa viagem até o novo lar.

A família recebeu a notícia sem grande surpresa. Quase todo mundo já imaginava que a ideia de abandonar a cidade em busca de um lugar mais habitável rondava a cabeça do bom Maximilian Carver há muito tempo; todo mundo menos Max. Para ele, a notícia teve o efeito de uma locomotiva enlouquecida passando por uma loja de porcelanas chinesas. Ficou abobalhado, de boca aberta e olhar ausente. Durante esse breve transe, passou pela sua cabeça a terrível certeza de que todo o seu mundo estava prestes a desaparecer para sempre, inclusive os amigos da escola, a turma da rua e a banca de jornal da esquina com seus quadrinhos prediletos. Assim, de uma hora para outra.

Enquanto os outros membros da família iam arrumar a bagagem com ar de resignação, Max permaneceu imóvel, olhando para o pai. O bom relojoeiro se ajoelhou diante do filho e colocou as mãos em seus ombros. O olhar de Max falava mais claramente do que um livro.

— Sei que agora parece o fim do mundo, Max, mas garanto que vai gostar muito do lugar para onde vamos. E não vai demorar para fazer novos amigos.

— É por causa da guerra? — perguntou Max. — É por isso que temos que ir embora?

Maximilian Carver abraçou o filho e depois, sem parar de sorrir, tirou do bolso do paletó um objeto brilhante pendurado numa corrente e colocou entre as mãos de Max. Um relógio de bolso.

— Fiz especialmente para você. Feliz aniversário, Max.

Max abriu o relógio de prata lavrada. No interior do círculo, cada hora era marcada pelo desenho de uma lua que crescia e minguava com o avançar das horas, ao compasso dos ponteiros formados pelos raios de um sol que sorria no coração do relógio. Na tampa, gravada em letra cursiva, lia-se uma frase: "*A máquina do tempo de Max.*"

Naquele dia, sem saber, enquanto contemplava a família andando para cima e para baixo com as malas e apertava nas mãos o relógio dado por seu pai, Max deixou para sempre de ser um menino.

* * *

Max não pregou o olho na noite do seu aniversário. Enquanto os outros dormiam, esperou a chegada inevitável daquele amanhecer que marcava a despedida final do pequeno universo que tinha criado para si mesmo ao longo dos anos. Passou aquelas horas em silêncio, estendido na cama com o olhar perdido nas sombras azuis que dançavam no teto do seu quarto, como se esperasse que se transformassem num oráculo capaz de desenhar seu destino daquele dia em diante. Apertava na mão o relógio que seu pai tinha feito para ele. No mostrador, as luas brilhavam sorridentes na penumbra noturna. Talvez elas tivessem a resposta para todas as perguntas que Max tinha acumulado desde o começo da tarde.

Finalmente, as primeiras luzes da manhã despontaram sobre o horizonte azul. Max pulou da cama e foi para a sala. Maximilian Carver estava sentado numa poltrona, vestido e segurando um livro junto à luz de um lampião. Max percebeu que não tinha sido o único a passar a noite em claro. O relojoeiro sorriu e fechou o livro.

— O que está lendo? — perguntou Max, apontando para o grosso volume.

— É um livro sobre Copérnico. Sabe quem foi Copérnico? — indagou o relojoeiro.

— Estou na escola — respondeu Max.

Seu pai gostava de perguntar cada coisa... era como se ele tivesse acabado de chegar ao mundo.

— E o que sabe dele? — insistiu.

— Descobriu que a Terra gira ao redor do Sol e não o contrário.

— Mais ou menos. E sabe o que isso significou?

— Problemas — devolveu Max.

O relojoeiro deu um largo sorriso e estendeu o pesado livro.

— Tome, é seu. Leia.

Max inspecionou o misterioso volume encadernado em couro. Parecia ter mil anos e servir de abrigo para o espírito de algum velho gênio preso àquelas páginas por uma maldição centenária.

— Muito bem — interrompeu seu pai —, quem vai acordar suas irmãs?

Sem levantar os olhos do livro, Max indicou com a cabeça que cedia a honra de arrancar Alicia e Irina, suas duas irmãs de 15 e 8 anos respectivamente, de seu sono profundo.

Em seguida, enquanto o pai ia despertar a família, abriu completamente o livro e começou a ler. Meia hora mais tarde, a família em peso cruzava pela última vez a entrada da casa em direção à nova vida. O verão tinha começado.

* * *

Max tinha lido uma vez, num dos livros do pai, que certas imagens da infância ficam gravadas no álbum da mente como fotografias, como cenários aos quais, não importa o tempo que passe, a pessoa sempre volta e nunca esquece. Max compreendeu o sentido daquelas palavras na primeira vez em que viu o mar. Estavam há mais de cinco horas no trem quando, de repente, na saída de um túnel escuro, uma lâmina infinita de luz e claridade reveladora se estendeu diante de seus olhos. O azul elétrico do mar resplandecente sob o sol do meio-dia ficou gravado em sua retina como uma aparição sobrenatural. Enquanto o trem seguia seu caminho a poucos metros do mar, Max enfiou a cabeça pela janelinha e sentiu pela primeira vez o vento impregnado do cheiro de maresia sobre a pele. Virou para o pai, que olhava para ele da outra extremidade da cabine do trem com um sorriso misterioso, dizendo "sim" a uma pergunta que Max nem tinha formulado. Soube então que não importava qual era o destino daquela viagem, nem em que estação o trem ia parar; daquele dia em diante, nunca mais viveria num lugar de onde não pudesse ver, toda manhã ao acordar, aquela luz azul ofuscante que subia até o céu como um vapor mágico e transparente. Era uma promessa que fazia a si mesmo.

* * *

Enquanto Max contemplava o trem se afastar parado na plataforma, Maximilian Carver deixou a família e as bagagens diante do escritório do chefe da estação por alguns minutos e foi negociar com um dos transportadores locais um preço razoável para levar baús, pessoas e toda a parafernália até o destino final. A primeira impressão de Max sobre a aparência da cidade, da estação e das primeiras casas, cujos tetos despontavam timidamente por sobre as árvores ao redor, foi de que aquele lugar parecia uma maquete, uma daquelas aldeias construídas em miniatura por colecionadores de trens elétricos, onde quem se aventurasse a caminhar além da conta podia acabar caindo da mesa. Diante dessa ideia, Max estava começando a bolar uma interessante variação da teoria de Copérnico sobre o mundo quando sua mãe, a seu lado, o tirou de seus devaneios cósmicos.

— E então? Aprovada ou reprovada?

— Ainda é cedo para dizer — respondeu Max. — Parece uma maquete. Como aquelas das vitrines de lojas de brinquedos.

— Vai ver que é — disse a mãe, sorrindo. Quando sorria, Max podia ver em seu rosto um pálido reflexo de sua irmã Irina.

— Não vá dizer isso a seu pai — continuou. — Lá vem ele.

Maximilian Carver chegou de volta escoltado por dois robustos motoristas, com as respectivas roupas salpicadas de manchas de graxa, fuligem e alguma outra substância impossível de identificar. Ambos exibiam vistosos bigodes e um gorro de marinheiro, como se esse fosse o uniforme de sua profissão.

— Esses são Robin e Philip — explicou o relojoeiro. — Robin leva as malas e Philip, a família. Certo?

Sem esperar pela aprovação familiar, os dois fortões se dirigiram até a montanha de baús e saíram carregando o mais volumoso sem demonstrar o menor esforço. Max extraiu o relógio e contemplou o círculo das luas risonhas. Os ponteiros marcavam duas da tarde. O velho relógio da estação marcava meio-dia e meia.

— O relógio da estação está ruim — murmurou Max.

— Está vendo? — respondeu, eufórico, o pai. — Acabamos de chegar e já temos trabalho.

Sua mãe sorriu sem entusiasmo, como sempre fazia diante das mostras do otimismo radiante de Maximilian Carver, porém Max leu em seus olhos uma sombra de tristeza e aquela estranha luminosidade que, desde pequeno, o fez acreditar que sua mãe era capaz de adivinhar o futuro, vendo coisas que os outros não podiam enxergar.

— Vai dar tudo certo, mamãe — disse Max, sentindo-se um idiota logo depois de ter pronunciado aquelas palavras.

Sua mãe fez um carinho em seu rosto e sorriu.

— Claro, Max. Tudo vai dar certo.

Naquele momento, Max teve certeza de que alguém o observava. Girou rápido os olhos e viu, entre as barras de uma das janelas da estação, um grande gato listrado que o contemplava fixamente, como se pudesse ler seus pensamentos. O felino piscou e, num salto que exibia uma agilidade inacreditável para um animal daquele tamanho, gato ou não, aproximou-se da pequena Irina e esfregou as costas contra os tornozelos brancos da irmã de Max. A menina ajoelhou para acariciar o animal, que miava suavemente. Irina pegou-o no colo e ele se deixou acarinhar mansamente, lambendo docemente os dedinhos da menina, que sorria enfeitiçada pelo encanto do felino. Com o gato nos braços, Irina foi até o lugar onde a família esperava.

— Acabamos de chegar e você já arranjou um bicho. Não gosto nem de pensar nas doenças que pode ter — sentenciou Alicia, evidentemente irritada.

— Não é um bicho. É um gato e está abandonado — replicou Irina. — Mamãe?

— Ainda nem chegamos em casa, Irina — começou a mãe.

A menina forçou uma expressão de tristeza, e o felino contribuiu com um miado doce e sedutor.

— Ele pode ficar no jardim. Por favor...

— É um gato gordo e sujo — comentou Alicia. — Vai deixar que apronte mais uma?

Irina dirigiu à irmã mais velha um olhar penetrante e afiado que prometia uma declaração de guerra a menos que ela calasse a boca. Alicia sustentou o olhar por alguns instantes, mas depois virou com um suspiro de raiva e foi caminhando até o local para onde os carregadores estavam levando a bagagem. No caminho, cruzou com o pai, que notou o rosto avermelhado de Alicia.

— Já começamos a brigar? — perguntou Maximilian Carver. — Quem é esse?

— Está sozinho e abandonado. Podemos ficar com ele? Vai ficar no jardim e pode deixar que eu cuido dele. Prometo — apressou-se a explicar Irina.

Tonto, o relojoeiro olhou para o gato e em seguida para a esposa.

— Não sei o que sua mãe vai achar...

— E você, Maximilian Carver, o que acha? — replicou ela, com um sorriso que evidenciava seu divertimento diante do dilema que imobilizava o marido.

— Bem, teríamos que levá-lo ao veterinário, e além disso...

— Por favor... — gemeu Irina.

O relojoeiro e a mulher trocaram um olhar de cumplicidade.

— Por que não? — concluiu Maximilian Carver, incapaz de começar o verão com um conflito familiar. — Mas você é responsável por ele, promete?

O rosto de Irina se iluminou, e as pupilas do felino se estreitaram até se transformarem em duas agulhas negras sobre a esfera dourada e luminosa dos olhos.

— Vamos! Ande! Já embarcaram as malas — disse o relojoeiro.

Sempre com o gato no colo, Irina correu na direção das caminhonetes. O felino, com a cabeça apoiada no ombro da menina, manteve os olhos cravados em Max. "Estava esperando por nós", pensou ele.

— Não fique aí parado, Max. Mova-se! — insistiu o pai pondo-se a caminho de mãos dadas com a mãe.

Max os acompanhou.

Foi então que alguma coisa o fez olhar para trás, para a calota escurecida do relógio da estação. Examinou cuidadosamente e percebeu que havia alguma coisa nela que não batia. Max lembrava perfeitamente que, ao chegar à estação, o relógio marcava meio-dia e meia. Pois agora os ponteiros marcavam dez para o meio-dia.

— Max! — gritou a voz do pai, chamando-o. — Estamos indo!

— Já vou... — murmurou Max consigo mesmo, sem parar de olhar para os ponteiros.

O relógio não estava desregulado; funcionava perfeitamente, mas com uma peculiaridade: andava para trás.

CAPÍTULO DOIS

A nova casa dos Carver estava situada no extremo norte de uma longa praia que se estendia diante do mar, como uma lâmina de areia branca e luminosa, com pequenas ilhas de plantas selvagens que se agitavam ao vento. A praia formava um prolongamento da cidadezinha, constituída por casas de madeira de no máximo dois andares, a maioria delas pintadas com cores delicadas, cada uma com seu jardim e sua cerca branca cuidadosamente alinhada, reforçando a impressão que Max teve ao chegar de que se tratava de um povoado de casinhas de bonecas. No caminho, atravessaram a cidade, a avenida principal e a praça da prefeitura, enquanto Maximilian Carver explicava as maravilhas do local com o entusiasmo de um guia de turismo.

O lugar era tranquilo e cercado por aquela mesma luminosidade que tinha enfeitiçado Max quando viu o mar pela primeira vez. A maioria dos habitantes usava bicicletas para suas atividades ou simplesmente ia a pé. As ruas eram limpas e o único ruído que se ouvia, à exceção de algum eventual veículo a motor, era a suave batida do mar quebrando na praia. À medida que percorriam a cidade, Max ia vendo o modo como os rostos de cada membro da família refletiam os pensamentos produzidos pelo espetáculo daquele que seria forçosamente o novo cenário de suas vidas. A pequena Irina e seu aliado felino contemplavam o desfile ordenado de construções e ruas com serena curiosidade, como se já estivessem em casa. Fechada em seus pensamentos impenetráveis, Alicia parecia estar a quilômetros dali, o que só confirmava a certeza de Max de que sabia muito pouco ou nada sobre sua irmã mais velha. A mãe olhava a cidade com resignada aceitação, sem abandonar o sorriso que tentava esconder a preocupação que a dominava, por algum motivo que Max não conseguia descobrir. Por fim, Maximilian Carver observava triunfal o seu novo habitat, pousando o olhar em cada membro da família, e recebendo pontualmente como resposta um sorriso de aceitação (o senso comum parecia confirmar que qualquer outra coisa podia partir o coração do bom relojoeiro, convencido de que tinha levado a família para um novo paraíso).

Contemplando aquelas ruas banhadas de luz e tranquilidade, Max pensou que o fantasma da guerra parecia distante e até mesmo irreal e que, talvez, o pai tivesse tido uma ideia genial ao resolver se mudar para aquele lugar. Quando os caminhões pegaram o caminho que levava até a casa na praia, Max já tinha apagado da memória o relógio da estação e a preocupação que o novo amigo de Irina lhe causou no início. Olhou para o horizonte e teve a impressão de ver a silhueta de um barco, negro e afilado, navegando como uma miragem no meio da bruma que embaçava a superfície do oceano. Segundos depois, tinha desaparecido.

* * *

A casa tinha dois andares e ficava a cerca de 50 metros da linha da praia, rodeada por um modesto jardim com uma cerca branca que implorava por uma mão de tinta. Era toda de madeira e, à exceção do telhado escuro, estava pintada de branco e exibia um estado razoável de conservação, levando-se em conta a proximidade do mar e o desgaste a que era submetida diariamente pelo vento úmido e impregnado de sal.

No caminho, Maximilian Carver explicou à família que a casa tinha sido construída em 1928 para a família de um famoso cirurgião de Londres, o dr. Richard Fleischmann e sua esposa, Eva Kray, como residência de verão na praia. Na época, ela representava uma excentridade aos olhos dos moradores locais. Os Fleischmann eram um casal sem filhos, solitário e, ao que tudo indicava, pouco afeito ao contato com as pessoas da cidade. Em sua primeira visita, o dr. Fleischmann deu ordens claras para que tanto o material quanto a mão de obra fossem trazidos diretamente de Londres. Esse capricho praticamente triplicava os custos da construção, mas a fortuna do cirurgião permitia que o fizesse.

Durante todo o inverno, os habitantes acompanharam com desconfiança e receio o vaivém de trabalhadores e caminhões. Enquanto isso o esqueleto da casa do final da praia se erguia lentamente, dia após dia. Por fim, na primavera do ano seguinte, os pintores deram a última demão de tinta na casa e, semanas depois, o casal se instalou para passar o verão. A casa da praia logo se transformou num talismã capaz de mudar o destino dos Fleischmann. A esposa do cirurgião, que ao que tudo indicava não podia mais ter filhos em consequência de um acidente ocorrido anos antes, ficou grávida durante aquele primeiro ano. Em 23 de junho de 1929, a sra. Fleischmann deu à luz, assistida pelo marido, sob o teto da casa da praia, um menino a quem deram o nome de Jacob.

Jacob foi uma bênção do céu e mudou a disposição amarga e solitária dos Fleischmann. Depois do nascimento, o médico e a esposa começaram a se relacionar com os habitantes da cidadezinha e chegaram a ser personagens populares e estimados durante os anos de felicidade que passaram na casa da praia. Até a tragédia de 1936. Num amanhecer de agosto daquele ano, o pequeno Jacob se afogou quando brincava na praia, em frente à casa.

Toda a alegria e a luz que o filho tão desejado tinha trazido ao casal se extinguiram naquele dia para sempre. Durante o inverno de 1936, a saúde de Fleischmann foi se deteriorando progressivamente e não demorou para que os médicos concluíssem que não chegaria a ver o verão de 1938. Um ano depois da desgraça, os advogados da viúva puseram a casa à venda. Permaneceu vazia e sem comprador durante anos, esquecida na extremidade da praia.

Mas foi por pura casualidade que Maximilian Carver ficou sabendo de sua existência. O relojoeiro estava voltando de uma viagem para comprar peças e ferramentas para a relojoaria quando resolveu passar a noite na cidade. Durante o jantar no hotelzinho local, começou uma conversa com o proprietário, a quem expressou seu eterno desejo de viver num lugar como aquele. O dono do hotel falou da casa e Maximilian resolveu adiar a volta para visitá-la no dia seguinte. Na viagem de volta, sua mente embaralhava cifras e a possibilidade de abrir uma oficina de relojoaria na cidade. Levou oito meses para anunciar a notícia à família, mas no fundo de seu coração a decisão já estava tomada.

* * *

O primeiro dia na casa da praia ficaria na memória de Max como uma curiosa coleção de imagens extravagantes. Para começar, assim que as caminhonetes pararam diante da casa e Robin e Philip começaram a descarregar a bagagem, Maximilian Carver conseguiu tropeçar inexplicavelmente em algo que parecia um cubo velho e, depois de percorrer uma trajetória vertiginosa aos trombolhões, aterrissou em cima da cerca branca, derrubando mais de 4 metros. O incidente teve fim com risadas abafadas por parte da família e um roxo por parte da vítima: nada de sério, afinal.

Os dois motoristas robustos levaram o carregamento até o vestíbulo da casa e, considerando cumprida a sua missão, desapareceram deixando para a família o privilégio de subir as escadas com malas e bagagens. Quando Maximilian Carver abriu solenemente a porta, um cheiro de guardado escapou lá de dentro como um fantasma que tivesse ficado preso entre aquelas paredes durante anos. O interior estava inundado por uma fraca neblina de poeira e de luz tênue que se filtrava pelas persianas fechadas.

— Meu Deus! — murmurou a mãe para si mesma, calculando as toneladas de pó que teria que retirar.

— Uma maravilha! — apressou-se a explicar Maximilian Carver. — Como eu tinha dito.

Max trocou um olhar de resignação com a irmã Alicia. A pequena Irina contemplava de boca aberta o interior da casa. Antes que algum membro da família pudesse pronunciar uma palavra, o gato de Irina saltou dos seus braços e, com um miado potente, escalou correndo a escada.

Um segundo depois, seguindo seu exemplo, Maximilian Carver entrou na nova residência da família.

— Pelo menos tem alguém que está gostando — foi o que Max achou que Alicia tinha murmurado.

A primeira coisa que a mãe de Max ordenou que fizessem foi abrir todas as portas e janelas completamente, ritualmente, para ventilar a casa. Depois, por um período de cinco horas, toda a família se dedicou a transformar o novo lar num local habitável. Com a precisão de um exército bem-treinado, cada membro se encarregou de uma tarefa concreta. Alicia preparou os quartos e as camas. Irina, com o espanador na mão, desencavou castelos de pó de dentro de seus esconderijos e Max, seguindo seu rastro, se encarregou de recolhê-los. Enquanto isso, a mãe distribuía a bagagem e tomava nota mentalmente de todos os trabalhos que teriam que ser feitos sem demora. Maximilian Carver dedicou seus esforços a fazer com que canos, luzes e outros engenhos mecânicos da casa voltassem a funcionar depois de um sono de anos, o que não foi uma tarefa fácil.

Finalmente, a família se reuniu na varanda na frente da casa e, sentados nos degraus, concederam-se um merecido descanso enquanto contemplavam a cor dourada que ia tomando conta do mar com o cair da tarde.

— Por hoje chega — concedeu Maximilian Carver, completamente coberto de fuligem e resíduos misteriosos.

— Uma ou duas semanas de trabalho e a casa vai começar a ficar realmente habitável — acrescentou a mãe.

— Encontrei aranhas nos quartos, lá em cima — informou Alicia. — Enormes.

— Aranhas? Uau! — exclamou Irina. — E como é que elas eram?

— Parecidas com você — respondeu Alicia.

— Não vamos começar, entendido? — interrompeu a mãe, esfregando a ponta do nariz. — Max vai matá-las.

— Não vejo por que matá-las, basta expulsá-las para o jardim — comentou o relojoeiro.

— As missões heroicas sempre sobram para mim — murmurou Max. — O extermínio pode esperar até a manhã?

— Alicia? — intercedeu a mãe.

— Não pretendo dormir num quarto cheio de aranhas e só Deus sabe que outros bichos mais — declarou Alicia.

— Fresca — sentenciou Irina.

— Monstro — replicou Alicia.

— Max, trate de acabar com as aranhas antes que elas comecem uma guerra — disse Maximilian Carver com voz cansada.

— Precisa matar ou basta ameaçar um pouco? Posso torcer uns braços... — sugeriu.

— Max — cortou a mãe.

Max resolveu se mexer e entrou na casa disposto a acabar com os antigos inquilinos. Subiu a escada que levava ao andar de cima, onde ficavam os quartos. Do alto do último degrau, os olhos brilhantes do gato de Irina o observavam fixamente, sem piscar.

Max passou na frente do felino, que parecia guardar o andar superior como uma sentinela. Assim que entrou num dos quartos, o gato foi atrás dele.

* * *

O piso de madeira rangia baixinho sob seus pés. Max começou a caçada e captura dos aracnídeos pelos quartos que davam para o sudoeste. Das janelas, dava para ver a praia e a trajetória descendente do sol no poente. Examinou detidamente o chão em busca de pequenos seres peludos e andarilhos. Depois da sessão de limpeza, o piso de madeira tinha ficado razoavelmente limpo e Max só levou dois minutos para localizar o primeiro membro da família aracnídea. Num dos cantos, viu uma aranha de tamanho considerável avançando em linha reta e diretamente para ele, como se fosse um segurança enviado pelos companheiros da espécie para fazê-lo mudar de ideia. O inseto devia ter meia polegada e tinha oito patas, com uma mancha dourada sobre o corpo negro.

Max estendeu a mão para uma vassoura que descansava encostada à parede e se preparou para enviar o inseto para outro mundo. "Isso é ridículo", pensou consigo manejando cuidadosamente a vassoura como se fosse uma arma mortal. Estava começando a calibrar o golpe fatal quando, de repente, o gato de Irina se lançou em cima do bicho e, abrindo a goela de leão em miniatura, engoliu a aranha e mastigou com força. Max soltou a vassoura e ficou olhando espantado para o gato, que devolveu um olhar maligno.

— Dá-lhe gatinho! — sussurrou.

O animal comeu a aranha e saiu do quarto, provavelmente em busca de outros familiares de seu mais recente aperitivo. Max foi até a janela. Sua família continuava no vestíbulo. Alicia lançou um olhar questionador.

— Não se preocupe, Alicia. Tenho certeza de que não vai ver mais nenhuma aranha por aqui.

— É melhor ter certeza — insistiu Maximilian Carver.

Max fez que sim e foi para os quartos que davam para a parte de trás da casa, voltados para o noroeste.

Ouviu o gato miando por perto e imaginou que outra aranha tinha caído nas garras do felino exterminador. Os quartos da parte de trás eram menores que os de frente. Numa das janelas, parou para contemplar a vista. A casa tinha um pequeno pátio nos fundos com uma casinha para guardar coisas ou até um carro. Uma grande árvore, cuja copa era mais alta que as janelas do sótão, se erguia bem no centro e, por seu aspecto, Max imaginou que estava lá há mais de duzentos anos.

Depois do pátio, limitado pela cerca que circundava toda a casa, estendia-se um matagal selvagem e, 100 metros adiante, via-se um pequeno recinto rodeado por um muro de pedra esbranquiçada. A vegetação tinha invadido o local, transformando-o numa pequena selva da qual emergiam vultos que Max achou que pareciam silhuetas: silhuetas humanas. As últimas luzes do dia caíam sobre o campo e Max teve que forçar os olhos. Era um jardim abandonado. Um jardim de estátuas. Max contemplou hipnotizado o estranho espetáculo das estátuas cobertas de mato e encerradas ali, o que fazia pensar num pequeno cemitério do interior. Um portão de lanças de ferro trancado com correntes impedia a entrada. Na ponta das lanças, Max conseguiu distinguir um escudo formado por uma estrela de seis pontas. À distância, além do jardim de estátuas, se erguia um denso bosque que parecia se prolongar por milhas sem fim.

— Descobriu alguma coisa? — A voz da mãe às suas costas interrompeu as fantasias despertadas por aquela visão. — Já estávamos pensando que as aranhas tinham acabado com você.

— Sabia que lá atrás, perto do bosque, tem um jardim de estátuas? — disse Max, apontando para o espaço de pedra. Sua mãe chegou à janela.

— Está anoitecendo. Seu pai e eu vamos à cidade comprar alguma coisa para comer, pelo menos até podermos comprar mantimentos amanhã. Fique de olho em Irina.

Max fez que sim. Sua mãe beijou seu rosto de leve e desceu a escada. Max fixou os olhos novamente no jardim de estátuas, cujas silhuetas pouco a pouco se fundiam com a névoa do crepúsculo. A brisa tinha começado a esfriar. Max fechou a janela e resolveu fazer o mesmo nos outros quartos. A pequena Irina se juntou a ele no corredor.

— Eram grandes? — perguntou, fascinada.

Max hesitou um segundo.

— As aranhas, Max. Eram grandes?

— Do tamanho de um punho! — respondeu ele solenemente.

— Uau!

CAPÍTULO TRÊS

No dia seguinte, pouco antes do amanhecer, Max ouviu uma figura envolta nas brumas da noite sussurrar algumas palavras em seu ouvido. Despertou assustado, sentando na cama com o coração batendo forte e a respiração entrecortada. Estava sozinho em seu quarto. A imagem sonhada daquela silhueta escura murmurando na penumbra se desvaneceu em poucos segundos. Ele estendeu a mão para a mesinha de cabeceira e acendeu a lamparina que Maximilian Carver tinha consertado na noite anterior.

Através da janela, as primeiras luzes do dia despontavam sobre o bosque. Um rastro de névoa percorria lentamente o matagal selvagem, e a brisa abria clareiras através das quais se entreviam as silhuetas do jardim de estátuas. Max pegou seu relógio de bolso na mesinha e abriu. As esferas de luas sorridentes brilhavam como lâminas de ouro. Faltavam alguns minutos para as seis da manhã.

Vestiu-se em silêncio, desceu a escada com cuidado, para não acordar o resto da família, e foi para a cozinha. As sobras do jantar da noite anterior permaneciam na mesa de madeira. Abriu a porta e saiu para o pátio. O ar frio e úmido do amanhecer mordia a pele. Max cruzou o lugar em silêncio até o portão da cerca e, fechando-o às suas costas, penetrou na névoa em direção ao jardim das estátuas.

* * *

O caminho através da névoa era mais longo do que pensava. Da janela do quarto, o recinto de pedra parecia ficar a cerca de 100 metros da casa. No entanto, Max teve a sensação de já ter percorrido mais de 300 metros pelo matagal quando finalmente viu o portão de ferro do jardim de estátuas surgir no meio da bruma.

Uma corrente enferrujada rodeava as barras de metal escurecido, fechada por um velho cadeado que o tempo pintou com uma cor mortiça. Max enfiou o rosto entre as grades do portão e examinou o interior. Com o correr dos anos, o mato foi ganhando terreno e deu ao lugar o aspecto de uma estufa abandonada. Max pensou que provavelmente ninguém botava os pés ali há muito tempo e que quem quer que fosse o guardião daquele jardim de estátuas tinha sumido há muitos anos.

Olhou ao redor e encontrou uma pedra do tamanho de sua mão junto ao muro do jardim. Pegou-a e bateu com força no cadeado que unia os extremos da corrente, uma e outra vez, até que a argola enferrujada cedeu aos golpes da pedra. A corrente ficou solta, balançando sobre as barras como tranças de uma cabeleira metálica. Max empurrou um lado do portão com força e sentiu que deslizava preguiçosamente para o interior do jardim. Quando a abertura foi suficiente para que pudesse passar, Max descansou um segundo e penetrou no recinto.

Uma vez lá dentro, percebeu que o lugar também era maior do que pensava. Assim, à primeira vista, podia jurar que havia cerca de duas dezenas de estátuas semiescondidas pela vegetação. Avançou alguns passos e penetrou no jardim selvagem. Aparentemente, as figuras estavam dispostas em círculos concêntricos e Max se deu conta pela primeira vez de que todas olhavam para o oeste. As estátuas pareciam fazer parte de um mesmo conjunto, pois representavam figuras que pareciam formar uma trupe de artistas de circo. À medida que caminhava entre elas, Max foi reconhecendo um domador, um faquir de turbante e nariz aquilino, uma contorcionista, um halterofilista e toda uma galeria de personagens que pareciam fugidos de um circo fantasma.

No centro do jardim, uma grande estátua representava um palhaço sorridente, de cabeleira arrepiada, em cima de um pedestal. Tinha o braço estendido para a frente, e o punho, fechado dentro de uma luva grande demais, parecia golpear um objeto invisível no ar. A seus pés, na grande lápide de pedra do pedestal, Max viu que havia um desenho em alto-relevo. Ajoelhou-se, retirou o mato que cobria a superfície e descobriu uma grande estrela de seis pontas rodeada por um círculo. Reconheceu o símbolo: era idêntico ao que se via na ponta das lanças do portão.

Examinando o desenho, Max se deu conta de que as estátuas, que à primeira vista pareciam colocadas em círculos concêntricos, na realidade formavam uma réplica dessa estrela. Cada figura do jardim ficava num dos pontos de interseção das linhas que formavam a figura. Max levantou e contemplou o espetáculo fantasmagórico que o cercava. Percorreu com os olhos cada uma das estátuas, envoltas pelos ramos do matagal selvagem que se agitava ao vento, até chegar de novo ao grande palhaço. Um arrepio percorreu seu corpo e ele deu um passo para trás. A mão da figura, que segundos antes estava com o punho fechado, agora estava aberta, com a palma estendida no gesto de quem faz um convite. Por um momento, Max percebeu que o ar frio do amanhecer queimava em sua garganta e sentiu o coração palpitar em suas têmporas.

Lentamente, como se temesse acordar as estátuas de seu sono perpétuo, refez o caminho de volta até a cerca, sem deixar de olhar às suas costas a cada passo que dava. Quando por fim cruzou o portão, teve a impressão de que a casa da praia estava muito distante. Sem pensar duas vezes, começou a correr e dessa vez não olhou para trás até chegar à cerca de madeira do pátio de sua casa. Enquanto isso, o jardim de estátuas mergulhava de novo na névoa.

* * *

O cheiro de manteiga e torradas inundava a cozinha. Alicia olhava para o café da manhã sem vontade, enquanto a pequena Irina servia um pouco de leite para o seu recém-adotado felino, num pratinho que o gato nem se dignou a tocar. Max olhava a cena pensando com seus botões que as preferências gastronômicas do animal seguiam outros caminhos, como ele tinha comprovado no dia anterior. Maximilian Carver segurava uma xícara fumegante de café e contemplava a família com ar eufórico.

— Hoje de manhã cedo fui investigar a garagem — começou, adotando o tom de *lá vem mistério* que costumava usar quando queria que os outros perguntassem o que tinha descoberto.

Max conhecia tão bem as estratégias do relojoeiro que às vezes se perguntava quem era o pai e quem era o filho.

— Achou alguma coisa? — perguntou Max.

— Você não vai acreditar — respondeu o pai, porém Max pensou "claro que vou". — Um par de bicicletas.

Max levantou as sobrancelhas curioso.

— São meio velhas, mas com um toque de graxa nas correntes podem se transformar em bólides de corrida — explicou Maximilian Carver. — E tinha mais uma coisa. Vamos, adivinhem só o que mais encontrei na garagem!

— Um tamanduá-bandeira — murmurou Irina, sem parar de paparicar seu amigo felino.

Com apenas 8 anos, a filha menor dos Carver já tinha desenvolvido uma tática demolidora para minar a moral do pai.

— Não — devolveu o relojoeiro, visivelmente irritado. — Ninguém se anima a tentar?

Com o rabo dos olhos, Max percebeu que a mãe, que até então apenas observava a cena, ao perceber que ninguém parecia muito interessado nas façanhas detetivescas do marido, resolveu salvá-lo.

— Um álbum de fotografias? — sugeriu Andrea Carver, com seu tom de voz mais doce.

— Quase, quase — respondeu o relojoeiro, animado de novo. — Max?

A mãe olhou para ele de lado. Max fez que sim.

— Sei lá. Um diário?

— Não. Alicia?

— Eu me rendo — respondeu Alicia, visivelmente ausente.

— Muito bem, muito bem... Preparem-se — começou Maximilian Carver. — Encontrei um projetor. Um projetor de cinema. E uma caixa cheia de filmes.

— Que tipo de filmes? — quis logo saber Irina, afastando os olhos do gato pela primeira vez em 15 minutos.

Maximilian Carver deu de ombros.

— Não sei. Filmes. Não é fascinante? Temos um cinema em casa.

— Isso se esse projetor estiver funcionando — comentou Alicia.

— Obrigado pelo estímulo, filha, mas devo lembrar que seu pai ganha a vida consertando máquinas com defeito.

Andrea Carver colocou as mãos nos ombros do marido.

— Fico contente em ouvir isso, sr. Carver — disse ela —, porque está na hora de alguém ter uma conversa com a caldeira do porão.

— Deixe comigo — respondeu o relojoeiro, levantando da mesa.

Alicia seguiu seu exemplo.

— Ei, mocinha, tome seu café primeiro. Não comeu nada — interrompeu Andrea Carver.

— Estou sem fome.

— Pode deixar que eu como — sugeriu Irina.

Andrea Carver discordou com firmeza.

— Ela não quer engordar — sussurrou Irina para o gato, maliciosamente.

— Não consigo comer com essa coisa balançando o rabo por aqui e soltando pelo por todo lado — cortou Alicia.

Irina e o felino olharam para ela com idêntico desprezo.

— Metida — sentenciou Irina, saindo para o pátio com o bicho.

— Por que deixa ela dizer o que quiser? Quando eu tinha a idade dela, você não deixava passar nem a metade das coisas que eu falava — protestou Alicia.

— Vamos começar com isso de novo? — disse Andrea Carver com voz calma.

— Não fui eu quem começou — devolveu a filha mais velha.

— Está bem. Sinto muito — disse Andrea Carver acariciando levemente a longa cabeleira de Alicia, que inclinou a cabeça, fugindo do carinho conciliador. — Mas acabe esse café de uma vez, por favor.

Naquele momento, um estrondo metálico soou sob seus pés. Todos se entreolharam.

— Seu pai em ação — murmurou Andrea Carver terminando sua xícara de café.

Alicia começou a mastigar uma torrada mecanicamente, enquanto Max tentava tirar da cabeça a imagem daquela mão estendida e do olhar esbugalhado do palhaço que sorria em meio à névoa do jardim de estátuas.

CAPÍTULO QUATRO

Na pequena garagem do pátio, as duas bicicletas que Maximilian Carver resgatara do limbo estavam em melhor estado do que Max havia pensado. Na verdade, parecia que nunca tinham sido usadas. Armado de um par de flanelas e de um produto especial para limpar metais que a mãe carregava para onde fosse, Max descobriu que, por baixo de uma camada de graxa e mofo, as bicicletas estavam novas e reluzentes. Com a ajuda do pai, lubrificou as correntes e pinhões e encheu os pneus.

— É provável que precise trocar as câmaras de ar — explicou Maximilian Carver —, mas por enquanto já dá para ir levando.

Uma das bicicletas era menor do que a outra e, enquanto limpava, Max não parava de pensar que, na época, o dr. Fleischmann comprou as duas na esperança de, um dia, passear com Jacob pelo caminho da praia. Maximilian Carver leu a sombra de culpa no olhar do filho.

— Tenho certeza de que, se pudesse vê-lo, o velho médico ficaria encantado.

— Não tenho tanta certeza — murmurou Max. — Por que deixaram as bicicletas para trás?

— As lembranças ruins perseguem você sem que precise carregá-las consigo — respondeu Maximilian Carver. — Acho que nunca mais foram usadas. Vamos experimentar.

Colocaram as bicicletas no chão. Max ajustou a altura do selim e verificou os cabos de freio.

— Falta um pouco mais de graxa nos freios — sugeriu Max.

— Também acho — concordou o relojoeiro e pôs mãos à obra. — Ouça, Max.

— Sim, papai.

— Não fique ruminando essa história das bicicletas, certo? O que aconteceu com aquela pobre família não tem nada a ver conosco. Nem sei se devia ter contado — acrescentou o relojoeiro com uma sombra de preocupação no rosto.

— Não tem importância. — Max apertou o freio novamente. — Agora está perfeito.

— Pode ir então.

— Não vem comigo? — perguntou Max.

— Hoje à tarde, se você ainda quiser, nós vamos apostar corrida e vou lhe dar a maior surra de sua vida. Mas às 11 horas eu tenho um encontro com um tal de Fred na cidade. Ele vai me alugar um local para abrir a loja. Tenho que pensar nos negócios.

Maximilian Carver começou a recolher as ferramentas e limpar as mãos com uma das flanelas. Max ficou olhando o pai, perguntando-se como ele devia ser quando tinha a sua idade. Era costume familiar dizer que os dois se pareciam, mas também fazia parte desse hábito afirmar que Irina parecia com Andrea Carver, o que não passava de mais uma dessas bobagens que avós, tios e toda aquela galeria de primos insuportáveis que aparecem nas ceias de Natal repetiam ano após ano como papagaios.

— Max entrou em transe de novo — comentou Maximilian Carver, sorrindo.

— Sabia que lá perto do bosque, atrás da casa, tem um jardim de estátuas? — comentou Max, surpreso ao ouvir sua própria voz formulando a pergunta.

— Imagino que deve ter muita coisa por aí que a gente ainda não viu. A garagem ainda está cheia de caixas e hoje de manhã vi que o porão da caldeira parece um museu. Acho que se a gente vender todas as quinquilharias acumuladas nessa casa a um antiquário eu não vou nem precisar abrir a loja: podemos viver de renda.

Maximilian Carver pousou um olhar interrogativo sobre o filho.

— Ei, se essa bicicleta não andar, vai acabar coberta de poeira de novo, transformada num fóssil.

— Fui — disse Max, dando a primeira pedalada na bicicleta que Jacob Fleischmann nunca chegou a estrear.

Pedalou pelo caminho da praia em direção à cidade, bordejando uma longa fileira de casas parecidas com a nova residência dos Carver. Desembocou junto da entrada de uma pequena baía, onde ficava o porto dos pescadores. Não se viam mais do que quatro ou cinco barcos maiores ancorados nos velhos cais. A maioria das embarcações eram pequenos botes de madeira com menos de 4 metros de comprimento, que os pescadores locais usavam para varrer a costa com suas velhas redes, a cerca de 100 metros da praia.

Ainda na bicicleta, evitou o labirinto de barquinhos tirados da água para conserto e as pilhas de caixas de madeira do mercado de peixe. Com o olhar fixo no pequeno farol, Max seguiu a curva do quebra-mar que fechava o porto como uma meia-lua. Quando chegou à extremidade, deixou a bicicleta apoiada no farol e sentou para descansar sobre uma das grandes pedras do outro lado do dique, mordidas pelos avanços do mar. De lá, podia contemplar o oceano estendido como uma lâmina de luz ofuscante até o infinito.

Estava sentado há apenas alguns minutos contemplando o mar quando viu uma bicicleta dirigida por um jovem alto e magro se aproximar pelo cais. O garoto, cuja idade Max calculou em 16 ou 17 anos, seguiu até o farol e largou a bicicleta onde Max tinha deixado a sua. Em seguida, afastou a densa cabeleira do rosto e caminhou lentamente até onde Max descansava.

— Oi. Você não é da família que se mudou para a casa no final da praia?

Max fez que sim.

— Meu nome é Max.

O menino, de pele muito bronzeada pelo sol e penetrantes olhos verdes, estendeu a mão.

— Roland. Bem-vindo à *cidade-tédio*.

Max sorriu e aceitou a mão de Roland.

— Como é a casa? Gostaram? — perguntou o garoto.

— As opiniões estão divididas. Meu pai está adorando, o resto da família nem tanto — explicou Max.

— Conheci seu pai uns meses atrás, quando ele esteve aqui — disse Roland. — Achei que era um sujeito divertido. Relojoeiro, não?

Max concordou com a cabeça.

— É um sujeito divertido — concordou Max. — Às vezes. Mas às vezes mete umas ideias na cabeça, como essa de mudar para cá.

— Por que vieram? — perguntou Roland.

— A guerra — respondeu Max. — Meu pai acha que não é um bom momento para viver na cidade. Acho que tem razão.

— A guerra — repetiu Roland, abaixando os olhos. — Fui recrutado em setembro.

Max ficou mudo. Roland percebeu seu silêncio e sorriu de novo.

— Sempre tem um lado bom — disse. — Pelo menos é meu último verão nesse fim de mundo.

Max devolveu timidamente o sorriso, pensando que dentro de uns poucos anos, se a guerra não terminasse, ele também receberia a convocação para servir o exército. Até num dia de luz deslumbrante como aquele, o fantasma invisível da guerra envolvia o futuro com seu manto de trevas.

— Ainda não deve ter visto a cidade — disse Roland.

Max confirmou.

— Muito bem, novato. Vamos começar a visita turística sobre rodas.

* * *

Max tinha que fazer um esforço extra para acompanhar o ritmo de Roland e só tinha pedalado 200 metros desde a ponta do dique quando começou a sentir as primeiras gotas de suor deslizando pela testa e pelas costas. Roland virou e deu um sorriso zombeteiro.

— Falta de prática, hein? A vida na cidade grande fez você perder a forma — gritou, sem diminuir a marcha.

Max seguiu o menino pelo passeio que margeava a costa e os dois penetraram em seguida nas ruas da cidade. Quando Max começou a ficar para trás, Roland diminuiu a velocidade até parar ao lado de um grande chafariz de pedra no centro de uma praça. Max pedalou até lá e largou a bicicleta no chão. A água brotava deliciosamente fresca da fonte.

— Não aconselho — disse Roland, lendo seus pensamentos. — Gases.

Max respirou profundamente e mergulhou a cabeça na água fria que jorrava.

— Iremos mais devagar — concedeu Roland.

Max ficou alguns segundos embaixo do jato da fonte e depois se encostou contra a pedra e deixou os cabelos molharem a roupa. Roland sorria.

— Na verdade, não esperava que conseguisse chegar tão longe. Isso — apontou ao redor — é o centro da cidade. A praça da prefeitura. Aquele edifício é o tribunal. Nos domingos tem feira. E à noite, no verão, passam filmes na parede da prefeitura. Geralmente velhos e com os rolos fora de ordem.

Max fez que sim levemente, recuperando o fôlego.

— Parece fascinante, não acha? — riu Roland. — Também temos uma biblioteca, mas quero que cortem minha mão se tiver mais de setenta livros.

— E o que se faz por aqui? — conseguiu articular Max. — Além de andar de bicicleta.

— Boa pergunta, Max. Vejo que começou a entender. Vamos?

Max suspirou e os dois voltaram às bicicletas.

— Agora quem dita o ritmo sou *eu* — exigiu Max. Mas Roland deu de ombros e saiu pedalando.

* * *

Por duas horas, Roland guiou Max para cima e para baixo no vilarejo e nos arredores. Viram as encostas no extremo sul, onde, segundo Roland, ficava o melhor lugar para mergulhar, junto de um velho barco que naufragou em 1918 e se transformou numa selva submarina com todo tipo de algas. Roland explicou que, durante uma terrível tempestade noturna, o barco encalhou em rochas muito perigosas, pois ficavam a poucos metros da superfície. A fúria do temporal e a escuridão da noite, quebrada apenas pelo estrondo dos relâmpagos, fizeram com que todos os tripulantes morressem afogados no naufrágio. Todos menos um. O único sobrevivente da tragédia foi um engenheiro que, em agradecimento à providência que salvou sua vida, se instalou na cidade e construiu um grande farol no alto dos penhascos íngremes da montanha que dominava o cenário daquela noite fatal. Esse homem, já muito velho, continuava sendo o guardião do farol e era nem mais nem menos que o "avô adotivo" de Roland. Depois do naufrágio, um casal do porto levou o faroleiro para o hospital e cuidou dele até seu completo restabelecimento. Alguns anos mais tarde, os dois morreram num acidente de automóvel e o faroleiro tomou conta de seu filho, o pequeno Roland, que tinha apenas 1 ano.

Roland vivia com ele na casa do farol, embora passasse a maior parte do tempo na cabana que ele mesmo tinha construído na praia, ao pé do penhasco.

Para todos os efeitos, o faroleiro era seu verdadeiro avô. A voz de Roland revelava certa amargura ao relatar esses fatos, que Max ouviu em silêncio e sem fazer perguntas. Depois do relato do naufrágio, perambularam pelas ruas próximas da velha igreja, onde Max conheceu alguns dos moradores, gente afável que se apressou em dar as boas-vindas ao povoado.

Finalmente, exausto, Max resolveu que não precisava conhecer toda a cidade numa manhã e que, se ia passar alguns anos por lá, como tudo indicava, teria tempo de sobra para descobrir seus mistérios, se é que eles existiam.

— É verdade, tem razão — concordou Roland. — Bem, no verão, vou quase toda manhã mergulhar no barco afundado. Não quer ir comigo amanhã?

— Se você mergulha como pedala, vou acabar me afogando — disse Max.

— Tenho máscaras e um pé de pato extra — informou Roland.

A oferta parecia tentadora.

— Eu topo. Preciso levar alguma coisa?

Roland negou.

— Não, eu levo tudo. Quer dizer... pensando bem, pode trazer um café da manhã. Pego você em casa às nove.

— Nove e meia.

— Não vá dormir.

Quando Max começou a pedalar de volta para a casa da praia, os sinos da igreja anunciavam as três da tarde e o sol começava a se esconder atrás de um manto de nuvens escuras, que anunciavam muita chuva. Enquanto se afastava, Max virou um segundo para olhar para trás. De pé ao lado da bicicleta, Roland acenava com a mão.

* * *

A tempestade desabou sobre a cidade como um espetáculo sinistro de teatro mambembe. Em poucos minutos, o céu se transformou numa cúpula cor de chumbo e o mar ganhou um tom metálico e opaco, como uma imensa poça de mercúrio. Os primeiros relâmpagos chegaram acompanhados de uma ventania que empurrava a tempestade do mar para a terra. Max pedalou com força, mas o aguaceiro o pegou em cheio quando ainda faltavam 500 metros de estrada até a casa da praia. Quando alcançou a cerca branca, estava ensopado como se tivesse acabado de sair do mar. Correu para guardar a bicicleta na garagem e entrou em casa pela porta de trás. A cozinha estava deserta, mas um cheiro apetitoso flutuava no ar. Na mesa, Max descobriu uma bandeja com sanduíches de carne e uma jarra de limonada caseira. Ao lado, havia um bilhete escrito com a caligrafia refinada de Andrea Carver:

Max, aí está o seu almoço. Seu pai e eu ficaremos na cidade a tarde inteira para resolver assuntos da casa. NÃO pense em usar o banheiro do andar de cima. Irina veio conosco.

Max largou o bilhete e resolveu levar a bandeja para o quarto. Estava exausto e faminto depois da maratona ciclística daquela manhã. A casa parecia vazia. Alicia não estava ou tinha se trancado no quarto. Max foi direto para o seu, trocou de roupa e se estendeu na cama para saborear os deliciosos sanduíches feitos especialmente por sua mãe. Lá fora, a chuva batia com força e os trovões faziam estremecer as janelas. Max acendeu o pequeno lampião da mesinha de cabeceira e pegou o livro sobre Copérnico que o pai havia lhe dado. Tinha começado a ler o mesmo parágrafo pela quarta vez, quando concluiu que estava morrendo de vontade de mergulhar no barco afundado com seu novo amigo Roland, de manhã cedo. Engoliu os sanduíches em menos de dez minutos e fechou os olhos: só ouvia o repique da chuva no teto e nas vidraças. Gostava do barulho da chuva e da água deslizando pela calha que corria pela beira do telhado.

Quando chovia forte, Max tinha a impressão de que o tempo parava. Era como uma trégua, na qual todos podiam largar o que estavam fazendo no momento e simplesmente chegar à janela para contemplar, durante horas a fio, o espetáculo daquela cortina infinita de lágrimas do céu. Devolveu o livro à mesinha e apagou a luz. Aos poucos, embalado pelo som hipnótico da chuva, Max se rendeu ao sono.

CAPÍTULO CINCO

As vozes da família no andar de baixo e a correria de Irina subindo e descendo a escada o despertaram. Já tinha anoitecido e Max viu pela vidraça que a tempestade tinha passado, deixando um tapete de estrelas que cobria todo o céu. Deu uma olhada no relógio e verificou que tinha dormido cerca de seis horas. Estava levantando quando alguém bateu na porta.

— Hora de jantar, bela adormecida — rugiu a voz eufórica de Maximilian Carver do outro lado.

Por um segundo, Max ficou imaginando qual seria o motivo de toda aquela alegria. Não demorou para se lembrar da sessão de cinema que ele tinha prometido durante o café da manhã.

— Estou descendo — respondeu, ainda com o gosto pastoso dos sanduíches de carne na boca.

— É bom mesmo — respondeu o relojoeiro, já a caminho do andar de baixo.

Embora estivesse sem fome, Max desceu para a cozinha e sentou à mesa junto com o resto da família. Alicia olhava para o prato, pensativa, sem tocar na comida. Irina devorava tudo o que tinha no prato com prazer e murmurava palavras ininteligíveis para o insuportável felino, que, a seus pés, olhava fixamente para ela. Jantaram com calma, enquanto Maximilian Carver informava que já tinha encontrado um lugar excelente para instalar a relojoaria na cidade e recomeçar seu negócio.

— E você, o que fez, Max? — perguntou Andrea Carver.

— Estive na cidade. — O resto da família olhou para ele, como se esperasse maiores explicações. — Conheci um menino, Roland, e amanhã vamos mergulhar juntos.

— Max já fez um amigo — exclamou Maximilian Carver, triunfante. — Está vendo só? Bem que eu falei.

— E como é esse tal de Roland, Max? — perguntou Andrea Carver.

— Sei lá. Simpático. Mora com o avô, que é o guardião do farol. Ele me contou um monte de coisas sobre a cidade.

— E onde é mesmo que você vai mergulhar? — perguntou o pai.

— Numa praia do sul, do outro lado do porto. Segundo Roland, é lá que estão os restos de um navio que naufragou muitos anos atrás.

— Posso ir? — interrompeu Irina.

— Não — cortou Andrea Carver. — Será que não é perigoso, Max?

— Mamãe...

— Está bem, pode ir — concedeu Andrea Carver. — Mas tenha cuidado.

Max fez que sim.

— Fui um bom mergulhador, quando era jovem — começou Maximilian Carver.

— Agora, não, querido — cortou a esposa. — Não ia passar uns filmes?

Maximilian Carver deu de ombros e levantou, disposto a provar que era um excelente projecionista.

— Dê uma mãozinha a seu pai, Max.

Por um segundo, antes de fazer o que a mãe pedia, Max espiou de rabo de olho sua irmã Alicia, que tinha ficado em silêncio durante todo o jantar. Seu olhar ausente parecia proclamar aos gritos como estava longe dali, mas, por algum motivo que Max não conseguiu entender, ninguém além dele percebia — ou talvez fizessem de conta que não viam. Por um instante, Alicia devolveu o olhar. Max sorriu para ela.

— Não quer vir conosco amanhã? — convidou. — Vai gostar de Roland.

Alicia sorriu debilmente e, sem dizer uma palavra, acenou que sim, enquanto um pontinho de luz se acendia em seus olhos escuros e sem fundo.

* * *

— Tudo pronto. Apagar as luzes — disse Maximilian Carver, terminando de prender a película no projetor. O aparelho parecia ser da época de Copérnico, e Max tinha lá suas dúvidas sobre seu funcionamento.

— O que vamos ver? — perguntou Andrea Carver, acomodando Irina em seu colo.

— Não tenho a menor ideia — confessou o relojoeiro. — Achei uma caixa na garagem com dezenas de filmes sem nenhuma indicação. Peguei alguns ao acaso. Não estranharia se não tivessem nada. As emulsões de celuloide se estragam com muita facilidade e depois de todos esses anos é muito provável que tenham desaparecido da película.

— O que isso quer dizer? — interrompeu Irina. — Não vamos ver nada?

— Só tem um jeito de saber — respondeu Maximilian Carver, apertando o interruptor do projetor.

Em alguns segundos, o som de motocicleta velha do aparelho ganhou vida e o foco luminoso da objetiva atravessou a sala como uma espada de luz. Max concentrou o olhar no retângulo projetado sobre a parede branca. Era como olhar o interior de uma lanterna mágica, sem saber ao certo que visões podiam escapar lá de dentro. Conteve a respiração e em poucos instantes a parede se inundou de imagens.

* * *

Bastaram alguns segundos para que Max percebesse que aquele filme não vinha do depósito de algum velho cinema. Não se tratava de uma cópia de alguma produção famosa, nem mesmo um rolo perdido de alguma série de cinema mudo. As imagens borradas e arranhadas pelo tempo delatavam o evidente amadorismo do cineasta. Não passava de um filme caseiro, provavelmente rodado há muitos anos pelo antigo dono da casa, o dr. Fleischmann. Max supôs que isso seria também o caso dos outros rolos que o pai tinha encontrado na garagem, junto ao velho projetor. As ilusões de Maximilian Carver de possuir um cineclube particular caíram por terra em menos de um minuto.

Com esforço víamos um passeio pelo que parecia ser um bosque. Tinha sido gravado com a câmera na mão, deslocando-se lentamente entre as árvores. A imagem avançava aos tropeções, com mudanças bruscas de luz e foco que mal permitiam reconhecer o local de tão estranho passeio.

— Mas o que é isso? — exclamou Irina, visivelmente decepcionada, olhando para o pai, que contemplava perplexo o esquisito e, a julgar pelo primeiro minuto de projeção, chatíssimo filme.

— Não sei — murmurou Maximilian Carver, arrasado. — Não esperava por essa...

Max também já tinha começado a perder o interesse pelo filme quando algo chamou sua atenção na caótica cascata de imagens.

— E se tentar com outro rolo, querido? — sugeriu Andrea Carver, tentando salvar do naufrágio o sonho do marido com o suposto arquivo cinematográfico da garagem.

— Espere! — cortou Max, reconhecendo uma silhueta familiar na projeção.

A câmera tinha saído do bosque e avançava para o que parecia ser um recanto fechado por altos muros de pedra, com um largo portão de lanças. Max conhecia aquele lugar, tinha estado lá no dia anterior.

Fascinado, Max viu a câmera tropeçar ligeiramente antes de penetrar no interior do jardim de estátuas.

— Parece um cemitério — murmurou Andrea Carver. — O que é aquilo?

A câmera percorreu alguns metros dentro do jardim de estátuas. No filme, o lugar não parecia abandonado como estava quando Max o descobriu. Não havia sinal do matagal selvagem, e as pedras do chão estavam limpas e polidas, como se um guardião cuidadoso se encarregasse de manter o local imaculado dia e noite.

A câmera parou em cada uma das estátuas dispostas nos pontos cardeais da grande estrela, claramente visível aos pés das figuras. Max reconheceu os rostos de pedra branca e o figurino de artistas de circo ambulante. Havia alguma coisa estranha na tensão e na postura adotada pelos corpos daquelas figuras fantasmagóricas e na careta teatral de seus rostos mascarados por uma imobilidade que dava a impressão de ser apenas aparente.

O filme foi mostrando todos os componentes do elenco circense sem nenhum corte. A família contemplava em silêncio aquela visão ameaçadora, sem nenhum outro barulho senão o rangido lamentoso do projetor.

Finalmente, a câmera se dirigiu para o centro da estrela traçada no chão do jardim de estátuas. Na contraluz, a imagem revelou a silhueta do palhaço sorridente, para o qual convergiam todas as outras estátuas. Max observou detidamente as feições daquele rosto e sentiu de novo o mesmo calafrio que tinha percorrido seu corpo quando ficou frente a frente com ele. Havia alguma coisa na imagem que não batia com o que Max tinha visto em sua visita ao jardim de estátuas, mas a péssima qualidade do filme impedia que tivesse uma visão mais clara do conjunto da estátua e conseguisse descobrir o que era exatamente. A família Carver permaneceu em silêncio enquanto os últimos metros da película corriam sob o feixe de luz do projetor. Maximilian Carver desligou o aparelho e acendeu a luz.

— Jacob Fleischmann — murmurou Max. — São filmes caseiros de Jacob Fleischmann.

O pai concordou em silêncio. A sessão de cinema tinha chegado ao fim e, por alguns segundos, Max sentiu que a presença daquele convidado invisível que tinha se afogado quase dez anos antes a poucos metros dali, na praia, impregnava cada canto da casa, cada degrau da escada, e fazia com que se sentisse como um intruso.

Sem uma palavra, Maximilian Carver começou a desmontar o projetor e Andrea Carver pegou Irina nos braços e subiu a escada para botá-la na cama.

— Posso dormir com você? — perguntou Irina, abraçando-se à mãe.

— Pode deixar — disse Max ao pai. — Eu guardo.

Maximilian sorriu para o filho e deu um tapinha em seu ombro, concordando.

— Boa noite, Max. — O relojoeiro virou para a filha. — Boa noite, Alicia.

— Boa noite, papai — respondeu Alicia, vendo o pai pegar a escada para o andar de cima com um ar cansado e decepcionado.

Quando os passos do relojoeiro desapareceram, Alicia observou Max fixamente.

— Prometa que não vai contar a ninguém o que vou lhe dizer agora.

Max fez que sim.

— Prometo. De que se trata?

— O palhaço. O do filme — começou Alicia. — Já o vi antes. Num sonho.

— Quando? — perguntou Max, sentindo sua pulsação acelerar.

— Uma noite antes de nos mudarmos para essa casa — respondeu a irmã.

Max sentou na frente de Alicia. Era difícil ler as emoções naquele rosto. No entanto, Max adivinhou uma sombra de medo nos olhos da irmã.

— Explique direito — pediu Max. — Como foi esse sonho exatamente?

— Sei que é esquisito, mas no sonho ele era, sei lá, diferente — disse Alicia.

— Diferente? — perguntou Max. — Diferente como?

— Não era um palhaço. Sei lá — respondeu ela dando de ombros, como se não quisesse dar importância ao fato, embora a voz assustada traísse seus pensamentos. — Acha que quer dizer alguma coisa?

— Não — mentiu Max. — Provavelmente, não.

— Também acho que não — concordou Alicia. — A história de amanhã ainda está de pé? O mergulho...

— Claro. Acordo você?

Alicia sorriu para o irmão menor. Era a primeira vez que Max a via sorrir em muitos meses, talvez anos.

— Estarei acordada — respondeu Alicia, dirigindo-se para o seu quarto. — Boa noite.

— Boa noite — respondeu Max.

Esperou o barulho da porta do quarto de Alicia se fechando e sentou na poltrona da sala, perto do projetor. De lá, podia ouvir os pais conversando a meia-voz no quarto. O resto da casa mergulhou no silêncio da noite, perturbado apenas pelo som do mar batendo na praia. Max viu que alguém o encarava ao pé da escada. Os olhos amarelos e brilhantes do gato de Irina o observavam fixamente. Max devolveu o olhar ao felino.

— Fora — ordenou.

O gato sustentou seu olhar durante alguns segundos e depois desapareceu nas sombras. Max levantou e começou a recolher o projetor e o filme. Pensou em levar o equipamento de volta para a garagem, mas a ideia de sair no meio da noite lhe pareceu pouco sedutora. Apagou as luzes da casa e subiu para o seu quarto. Pela janela, olhou na direção do jardim de estátuas, invisível na escuridão da noite. Deitou e apagou o abajur da mesinha de cabeceira.

Ao contrário do que esperava, a última imagem que desfilou pela mente de Max naquela madrugada antes de cair no sono não foi o sinistro passeio cinematográfico pelo jardim das estátuas, mas aquele sorriso inesperado de Alicia, minutos antes na sala. Tinha sido um gesto aparentemente insignificante, mas, por algum motivo que não conseguia entender direito, Max intuiu que uma porta tinha se aberto entre os dois e que, a partir daquela noite, nunca mais veria a irmã como uma desconhecida.

CAPÍTULO SEIS

Pouco depois do amanhecer, Alicia acordou e descobriu, por trás do vidro da janela do seu quarto, dois profundos olhos amarelos que a encaravam fixamente. Deu um pulo da cama e o gato de Irina se retirou sem nenhuma pressa do parapeito da janela. Detestava aquele gato, seu comportamento altivo e aquele cheiro penetrante que o precedia e delatava sua presença antes que entrasse num cômodo. Não era a primeira vez que pegava o animal observando-a furtivamente. Desde o momento em que Irina conseguiu trazer o detestável felino para a casa da praia, Alicia tinha percebido que muitas vezes ele ficava imóvel por alguns segundos, vigilante, espiando os movimentos de algum membro da família da soleira de uma porta ou escondido nas sombras. Secretamente, Alicia acalentava a esperança de que algum vira-lata desse um jeito nele em algum de seus passeios noturnos.

* * *

Lá fora, o céu estava perdendo a cor púrpura que sempre acompanhava o amanhecer, e os primeiros raios de um sol intenso se alongavam sobre o bosque que se estendia além do jardim de estátuas. Ainda faltavam pelo menos duas horas para que o amigo de Max chegasse para pegá-los. Voltou para baixo dos lençóis e, embora soubesse que não ia conseguir dormir de novo, fechou os olhos e ficou ouvindo o som distante do mar batendo na praia.

Uma hora mais tarde, Max bateu suavemente na porta com os nós dos dedos.

Alicia desceu a escada na ponta dos pés. Max e o amigo esperavam do lado de fora, na varanda. Antes de sair, parou um segundo no vestíbulo e ouviu a voz dos dois meninos conversando. Respirou fundo e abriu a porta.

Apoiado no parapeito da varanda, Max virou e sorriu. Junto a ele, um menino de pele profundamente bronzeada e cabelo cor de palha, quase um palmo mais alto do que Max.

— Esse é Roland — interveio Max. — Roland, essa é minha irmã Alicia.

Roland balançou a cabeça cordialmente e desviou os olhos para as bicicletas, mas o jogo dos olhares, que se cruzaram em alguns décimos de segundos entre o amigo e Alicia, não passou despercebido por Max. Ele sorriu para dentro e pensou que aquilo ia ser ainda mais divertido do que esperava.

— Como faremos? — perguntou Alicia. — Só temos duas bicicletas.

— Acho que Roland pode levar você — respondeu Max. — Não é, Roland?

Roland cravou os olhos no chão.

— Sim, claro — murmurou. — Mas você leva o equipamento.

Com um elástico, Max prendeu no banco de trás da bicicleta o equipamento de mergulho que Roland tinha trazido.

Sabia que havia outra bicicleta na garagem, mas a ideia de Roland levar sua irmã de carona era divertida. Alicia sentou na barra da bicicleta e passou os braços pelo pescoço de Roland. Sob a pele curtida de sol, Max percebeu que o amigo lutava inutilmente para não ficar vermelho.

— Pronto — disse Alicia. — Espero não pesar muito.

— Vamos — decidiu Max, começando a pedalar pelo caminho da praia, seguido por Roland e Alicia.

Não demorou para que Roland tomasse a dianteira e, mais uma vez, Max teve que acelerar a marcha para não ficar para trás.

— Tudo bem? — perguntou Roland a Alicia.

Alicia fez que sim e contemplou a casa da praia, que ia se perdendo a distância.

* * *

A praia do extremo sul, do outro lado da cidade, formava uma meia-lua extensa e desolada. Não era uma praia de areia, mas coberta de pedrinhas trazidas pelo mar, pontilhada de conchas e coisas que o mar devolvia, e que as ondas e a maré deixavam secar ao sol. Depois da praia, subindo quase na vertical, erguia-se uma parede de penhascos inclinados em cujo topo, escura e solitária, localizava-se a torre do farol.

— É o farol do meu avô — indicou Roland, enquanto deixavam as bicicletas junto a um dos caminhos que desciam em meio às rochas até a praia.

— Vocês dois moram aí? — perguntou Alicia.

— Mais ou menos — respondeu Roland. — Com o tempo, construí uma pequena cabana aqui em baixo, na praia, e posso dizer que é quase a minha casa.

— Sua própria cabana? — insistiu Alicia, tentando localizá-la com os olhos.

— Não dá para ver daqui — esclareceu Roland. — Na verdade, era um velho galpão de pescadores abandonado. Fiz alguns consertos e até que não ficou ruim. Vocês vão ver.

Roland guiou-os até a praia e, quando chegou lá, tirou as sandálias. O sol subia no céu e o mar brilhava como prata fundida. A praia estava deserta e uma brisa impregnada de maresia soprava sobre o oceano.

— Cuidado com essas pedras. Estou acostumado, mas é fácil cair se não tiver prática.

Alicia e o irmão seguiram Roland pela praia até sua cabana. Tratava-se de uma pequena cabine pintada de azul e vermelho. Tinha uma pequena varanda e Max viu um lampião enferrujado, pendurado numa corrente.

— É do barco — explicou Roland. — Peguei um monte de coisas lá embaixo e trouxe para a cabana. O que acham?

— É fantástico! — exclamou Alicia. — Você dorme aqui?

— Às vezes, sobretudo no verão. No inverno, além do frio, não gosto de deixar meu avô sozinho lá em cima.

Roland abriu a porta da cabana e deu passagem a Alicia e Max.

— Entrem. Bem-vindos ao palácio.

O interior da cabana de Roland parecia um desses velhos bazares de antiguidades marítimas. O espólio que o garoto tinha tirado do mar durante anos reluzia na penumbra como um museu de misteriosos tesouros lendários.

— São só quinquilharias — disse Roland —, mas gosto de colecionar. Quem sabe não pegamos algo hoje?

O resto da cabana se compunha de um velho armário, uma mesa, algumas cadeiras, uma velha cama e, acima dela, umas prateleiras com alguns livros e um lampião a querosene.

— Adoraria ter uma casa como essa — murmurou Max.

Roland sorriu, cético.

— Aceitam-se ofertas — brincou Roland, visivelmente orgulhoso da impressão que sua cabana causava nos amigos. — Bem, vamos para a água.

Seguiram Roland até a beira do mar e, uma vez lá, ele começou a desfazer o embrulho que continha o equipamento de mergulho.

— O barco está a 25, 30 metros da praia. A água é mais funda do que parece, a 3 metros já não dá mais pé. O casco está a uns 10 metros de profundidade — explicou Roland.

Alicia e Max trocaram um olhar que se explicava por si só.

— É... da primeira vez não é recomendável tentar chegar até lá. Às vezes, quando o fundo está agitado, formam-se correntes e pode ser perigoso. Uma vez, quase morri de susto.

Roland estendeu uma máscara e um par de pés de pato para Max.

— Bem, só tem equipamento para dois. Quem desce primeiro?

Alicia apontou para Max com o indicador estendido.

— Muito obrigado — sussurrou Max.

— Não se preocupe, Max — tranquilizou Roland. — É só o começo. Da primeira vez que desci, quase tive um troço. Havia uma moreia enorme numa das chaminés.

— Uma o quê? — pulou Max.

— Nada — devolveu Roland. — É brincadeira. Não tem nenhum bicho lá embaixo, eu garanto. O que é estranho, porque normalmente os barcos afundados são como um zoológico de peixes. Mas esse não. Acho que não gostam dele. Ei, não vai ficar com medo agora, vai?

— Medo? — disse Max. — Eu?

Mesmo colocando os pés de pato, Max percebeu que Roland estava fazendo uma cuidadosa radiografia de sua irmã, enquanto ela tirava o vestido de algodão e ficava com o maiô branco, o único que tinha. Alicia entrou no mar até os joelhos.

— Ei — sussurrou —, é minha irmã, não um doce, certo?

Roland lançou um olhar de cumplicidade.

— Foi você quem quis trazê-la, não eu — respondeu com um sorriso felino.

— Para a água — cortou Max. — Vai lhe fazer bem.

Alicia virou e observou com uma cara irônica os dois vestidos de mergulhadores.

— Que lindos! — disse, sem conseguir reprimir o riso.

Max e Roland se entreolharam por trás das máscaras.

— Uma última coisa — comentou Max. — Nunca fiz isso antes. Quero dizer, mergulhar. Nadei em piscinas, claro, mas não tenho certeza se vou conseguir...

Roland revirou os olhos.

— Sabe nadar debaixo d'água? — perguntou.

— Disse que não sabia mergulhar, não que sou imbecil — rebateu Max.

— Se consegue prender a respiração na água, você sabe mergulhar — esclareceu Roland.

— Tomem cuidado — recomendou Alicia. — Ei, Max, tem certeza de que é uma boa ideia?

— Não vai acontecer nada — garantiu Roland e virou para Max, batendo ao mesmo tempo em seu ombro. — Você primeiro, capitão Nemo.

* * *

Pela primeira vez na vida, Max mergulhou sob a superfície do mar e descobriu um universo de luz e sombras que superava tudo o que tinha imaginado ver diante de seus olhos. Os raios de sol se filtravam em cortinas de claridade nevoenta, que ondulavam lentamente, e a superfície tinha se transformado num espelho opaco e dançante. Prendeu a respiração mais alguns segundos e voltou à superfície procurando ar. Roland, cerca de 2 metros adiante, vigiava tudo com atenção.

— Tudo bem? — perguntou.

Max confirmou, entusiasmado.

— Viu? É fácil. Nade perto de mim — recomendou Roland, antes de mergulhar de novo.

Max deu uma última olhada para a praia e viu Alicia acenando sorridente. Devolveu o aceno e apressou-se a nadar junto ao amigo, mar adentro. Roland o guiou até um ponto onde a areia parecia muito distante, embora Max soubesse que apenas 30 metros o separavam da praia. À flor da água, as distâncias crescem. Roland tocou seu braço e apontou para o fundo. Max respirou fundo e enfiou a cabeça na água, ajustando as tiras da máscara. Seus olhos demoraram dois segundos para se acostumar à leve penumbra submarina. Só então pôde admirar o espetáculo do casco afundado do barco, caído sobre o costado e envolto numa mágica luz fantasmagórica. Devia ter cerca de 50 metros, talvez mais, e tinha uma brecha profunda que se estendia desde a proa até a sentina. A fenda aberta no casco parecia uma ferida negra e sem fundo, feita por afiadas garras de pedra. Na proa, coberto por uma camada acobreada de ferrugem e algas, lia-se o nome do barco: *Orpheus*.

O *Orpheus* parecia ter sido, em seu tempo, um velho cargueiro e não um barco de passageiros. Todo lascado, o aço do barco também estava coberto de pequenas algas, mas, tal como Roland tinha dito, não havia um único peixe nadando perto dele. Boiando na superfície, os dois amigos seguiram toda a extensão do casco, detendo-se a cada 6 ou 7 metros para investigar melhor os restos do naufrágio. Roland tinha dito que o barco estava a uns 10 metros de profundidade, mas, vista dali, Max achou que a distância parecia infinita. E ficou imaginando como Roland tinha feito para carregar todos aqueles objetos que estavam na cabana da praia. Como se tivesse lido seus pensamentos, o amigo fez um sinal pedindo que esperasse e mergulhou batendo poderosamente os pés de pato.

Max ficou olhando e Roland desceu até tocar o casco do *Orpheus* com a ponta dos dedos. Uma vez lá, agarrando-se cuidadosamente às saliências do barco, foi deslizando até a plataforma que um dia foi a ponte de comando. De onde estava, Max conseguia distinguir a roda do timão e outros instrumentos no interior. Roland nadou até a porta da ponte, caída no chão, e entrou no barco. Max sentiu uma ponta de preocupação ao ver o amigo desaparecer no interior do navio naufragado. Não tirou os olhos daquela escotilha durante todo o tempo em que Roland ficou nadando no interior, perguntando-se o que poderia fazer se acontecesse alguma coisa. Em poucos segundos, Roland apareceu de novo na ponte e subiu rapidamente até onde ele estava, deixando atrás de si uma guirlanda de bolhas de ar. Max tirou a cabeça da água e respirou profundamente. O rosto de Roland apareceu a 1 metro do seu, com um sorriso de orelha a orelha.

— Surpresa! — exclamou.

Max viu que segurava uma coisa na mão.

— O que é isso? — perguntou Max, apontando para o estranho objeto metálico que Roland tinha resgatado da ponte de comando.

— Um sextante.

Max levantou as sobrancelhas. Não tinha a menor ideia do que o amigo estava falando.

— Um sextante é um negócio que serve para calcular a posição no mar — explicou Roland, com a voz entrecortada pelo esforço de prender a respiração por quase um minuto. — Vou descer de novo. Segure aqui.

Max começou a articular um protesto, mas Roland escapuliu de novo sem lhe dar tempo de abrir a boca. Encheu o pulmão de ar e afundou a cabeça novamente para acompanhar o mergulho de Roland. Dessa vez, seu amigo nadou ao longo do casco até a popa do navio. Max bateu os pés seguindo sua trajetória. Viu quando se aproximou de uma escotilha e ficou olhando para dentro. Prendeu a respiração até sentir os pulmões arderem. Soltou o ar, pois estava na hora de levantar a cabeça para respirar.

No entanto, naquele último segundo, seus olhos tiveram uma visão que o deixou gelado. Através da escuridão submarina, ondulava uma velha bandeira apodrecida e desfiada presa ao mastro na popa do *Orpheus*. Max observou detidamente e reconheceu um símbolo quase apagado, que mal dava para ver: uma estrela de seis pontas sobre um círculo. Max sentiu um calafrio percorrer seu corpo. Tinha visto aquela estrela antes, no portão de lanças do jardim de estátuas.

O sextante de Roland escapuliu de seus dedos e mergulhou nas trevas. Tomado por um pavor indefinível, Max nadou atropeladamente até a areia.

* * *

Meia hora mais tarde, sentados na sombra da varanda da cabana, Roland e Max contemplavam Alicia, que recolhia velhas conchas entre as pedras da praia.

— Tem certeza de que já tinha visto esse símbolo antes, Max?

Max confirmou.

— Debaixo d'água as coisas às vezes parecem ser o que não são — começou Roland.

— Sei o que vi — cortou Max. — Certo?

— Certo — concedeu Roland. — Viu um símbolo que, segundo você, é o mesmo que se vê nessa espécie de cemitério que tem atrás da sua casa. E daí?

Max levantou e encarou o amigo.

— E daí? Está querendo que repita a história toda?

Max tinha passado os últimos 25 minutos explicando a Roland tudo o que sabia sobre o jardim de estátuas, inclusive o filme de Jacob Fleischmann.

— Não precisa — respondeu Roland secamente.

— Então como é que você não acredita? — cutucou Max. — Acha que inventei tudo isso?

— Não disse que não acredito, Max — esclareceu Roland, sorrindo ligeiramente para Alicia, que tinha voltado do passeio pela praia com uma pequena sacola cheia de conchas. — Teve sorte?

— Essa praia é um museu — respondeu Alicia, fazendo tilintar a sacola com seus achados.

Impaciente, Max revirou os olhos.

— Então acredita? — cortou, cravando os olhos em Roland.

O amigo devolveu o olhar e ficou em silêncio por alguns segundos.

— Acredito, Max — murmurou mirando o horizonte, sem conseguir ocultar uma sombra de tristeza no rosto. Alicia percebeu a mudança no semblante de Roland.

— Max disse que seu avô era um dos passageiros do barco na noite em que ele afundou — comentou, colocando a mão no ombro do jovem. — É verdade?

Roland confirmou tristemente.

— Foi o único sobrevivente — respondeu.

— O que aconteceu? — perguntou Alicia. — Desculpe, talvez não queira falar desse assunto.

Roland negou e sorriu para os dois irmãos.

— Não, não me importo — Max olhava para ele, à espera. — E não é que não acredite na sua história, Max. O que acontece é que não é a primeira vez que alguém me fala desse símbolo.

— Quem mais o viu? — perguntou Max, boquiaberto. — Quem lhe falou dele?

Roland sorriu.

— Meu avô. Desde que eu era pequeno. — Roland indicou o interior da cabana. — Está começando a esfriar. Vamos entrar e então conto a história do barco.

* * *

No começo, Irina pensou que estava ouvindo a voz de sua mãe no andar de baixo. Andrea Carver costumava falar sozinha enquanto girava pela casa, e nenhum membro da família se surpreendia mais com o hábito materno de dar voz a seus pensamentos. Um segundo depois, porém, Irina viu a mãe pela janela despedindo-se do pai, que estava indo à cidade acompanhado de um dos motoristas que tinham trazido as bagagens da estação. Naquele momento, Irina compreendeu que estava sozinha dentro de casa e que a voz que teve a impressão de ouvir devia ser uma ilusão. Até que voltou a ouvi-la, dessa vez dentro do seu quarto, como um sussurro que atravessava as paredes.

A voz parecia vir do armário e soava como um murmúrio distante, cujas palavras era impossível distinguir. Pela primeira vez desde que tinham chegado à casa da praia, Irina sentiu medo. Cravou os olhos na porta escura do armário, que estava fechado, e verificou que a chave estava na fechadura. Sem parar para pensar, correu até o móvel e girou atropeladamente a chave até ter certeza de que a porta estava perfeitamente trancada. Foi então que ouviu de novo aquele som e compreendeu que não era uma voz, mas várias vozes sussurrando ao mesmo tempo.

— Irina? — chamou a mãe do andar de baixo.

A voz quente de Andrea Carver a retirou do transe em que estava mergulhada. Uma sensação de tranquilidade tomou conta dela.

— Irina, se estiver aí em cima, desça para me ajudar aqui.

Nunca, em meses, Irina teve tanta vontade de ajudar a mãe, fosse qual fosse a tarefa que a esperava. Estava pronta para correr escada abaixo quando, depois de sentir uma brisa gelada acariciar seu rosto e atravessar o quarto, viu a porta do quarto bater de um só golpe. Irina correu até lá e tentou girar a maçaneta, que parecia travada. Enquanto lutava em vão para abrir a porta, ouviu que, às suas costas, a chave da porta do armário girava lentamente e que aquelas vozes, que pareciam vindas das profundezas da casa, riam.

* * *

— Quando era pequeno — explicou Roland —, meu avô me contou essa história tantas vezes que passei anos sonhando com ela. Tudo começou quando vim morar aqui, há muito tempo, depois de perder meus pais num acidente de carro.

— Sinto muito, Roland — interrompeu Alicia, que adivinhava que, apesar do sorriso amável e de parecer disposto a contar a história de seu avô e do barco, remexer naquelas lembranças era mais difícil do que ele queria demonstrar.

— Era muito pequeno. Não lembro direito — disse Roland, evitando o olhar de Alicia, a quem aquela pequena mentira não conseguiu enganar.

— E o que aconteceu então? — insistiu Max.

Alicia o fulminou com os olhos.

— Meu avô tomou conta de mim e fui morar com ele na casa do farol. Ele era engenheiro, mas há muitos anos era o faroleiro desse trecho da costa. A prefeitura lhe entregou o posto em caráter vitalício depois que ele construiu o farol praticamente com as próprias mãos, em 1919. É uma história curiosa, ouçam:

"Em 23 de junho de 1918, meu avô embarcou no porto de Southampton a bordo do *Orpheus*, viajando incógnito. O *Orpheus* não era um barco de passageiros, mas um cargueiro, e tinha péssima fama. Seu capitão era um holandês bêbado e corrupto até os ossos que alugava o barco para quem pagasse mais. Seus clientes favoritos eram os contrabandistas que queriam cruzar o Canal da Mancha. O *Orpheus* era tão conhecido que até os contratorpedeiros alemães o reconheciam mas, por pena, não o afundavam quando esbarravam com ele. De todo modo, com o final da guerra, o negócio começou a ficar mal das pernas e o holandês voador, como meu avô o chamava, teve que procurar transações ainda mais escusas para pagar as dívidas de jogo que tinha acumulado nos últimos meses. Parece que, numa de suas noites de má sorte, que costumavam ser a maioria, o capitão perdeu até a camisa numa partida com um tal de Mister Cain. Esse Mister Cain era dono de um circo ambulante. Como pagamento, Mister Cain exigiu que o holandês embarcasse toda a trupe do circo e a transportasse clandestinamente para o outro lado do canal: o suposto circo de Mister Cain escondia mais do que simples equipamentos circenses e ele tinha interesse em desaparecer o quanto antes. E, claro, ilegalmente. O holandês concordou. O que mais poderia fazer? Ou concordava ou perdia imediatamente o barco."

— Um momento — interrompeu Max. — O que o seu avô tinha a ver com isso?

— Já vou chegar lá — continuou Roland. — Como estava dizendo, o tal de Mister Cain, e esse não era o seu verdadeiro nome, ocultava muitas coisas. Meu avô vinha seguindo seu rastro há muito tempo. Havia uma conta pendente entre eles, e meu avô pensou que se Mister Cain e seus cúmplices conseguissem atravessar o canal as possibilidades de pegá-los iam se evaporar para sempre.

— Foi por isso que embarcou no *Orpheus*? — perguntou Max. — Como um clandestino?

Roland confirmou.

— Tem uma coisa que não entendo — disse Alicia. — Por que ele não avisou a polícia? Afinal, era engenheiro, não policial. Que tipo de conta era essa que ele tinha com Mister Cain?

— Posso acabar a história? — perguntou Roland.

Max e a irmã concordaram.

— Pois bem, o caso é que embarcou — recomeçou Roland. — O *Orpheus* zarpou ao meio-dia e chegaria a seu destino de madrugada, mas as coisas se complicaram. Uma tempestade caiu logo depois da meia-noite e devolveu o barco à costa. O *Orpheus* se estatelou contra as rochas do penhasco e afundou em poucos minutos. Meu avô escapou com vida porque estava escondido num bote salva-vidas. Todos os outros se afogaram.

Max engoliu em seco.

— Quer dizer que os corpos ainda estão lá embaixo?

— Não — respondeu Roland. — Ao amanhecer do dia seguinte, uma cortina de névoa caiu sobre a costa durante horas. Os pescadores locais encontraram meu avô inconsciente nessa mesma praia. Quando a névoa se dissipou, vários barquinhos de pescadores revistaram toda a área do naufrágio. Nunca encontraram nenhum corpo.

— Mas então... — interrompeu Max, em voz baixa.

Com um gesto, Roland pediu que o deixasse continuar.

— Levaram meu avô para o hospital da cidade e ele ficou internado, delirando durante dias. Quando se recuperou, resolveu que, em gratidão ao modo como o tinham tratado, construiria um farol no alto do penhasco para evitar que uma tragédia como aquela voltasse a acontecer. Com o tempo, ele se tornou o guardião do farol.

Os três amigos permaneceram em silêncio por quase um minuto inteiro, depois de ouvir o relato. Finalmente, Roland trocou um olhar com Alicia e depois com Max.

— Roland — disse Max, fazendo um esforço para encontrar palavras que não magoassem o novo amigo —, tem alguma coisa nessa história que não se encaixa. Acho que seu avô não contou toda a verdade.

Roland ficou calado uns segundos. Depois, com um sorriso triste nos lábios, olhou para os irmãos e concordou várias vezes, muito lentamente.

— Eu sei — murmurou. — Eu sei.

* * *

Irina sentiu as mãos enrijecerem de tanto forçar a maçaneta sem conseguir nenhum resultado. Sem fôlego, virou e se encolheu com todas as forças contra a porta do quarto. Não pôde evitar cravar os olhos na chave que girava na fechadura do armário.

Por fim, a chave parou e, impulsionada por dedos invisíveis, caiu no chão. Lentamente, a porta do armário começou a se abrir. Irina tentou gritar, mas sentiu que o ar lhe faltava e não teve forças para articular nem um sussurro.

De dentro da penumbra do armário, emergiram dois olhos brilhantes e familiares. Irina suspirou. Era o gato. Era só o gato. Por um segundo, pensou que seu coração ia parar de puro pânico. Ajoelhou-se para levantar o felino e percebeu então que, atrás do gato, no fundo do armário, havia mais alguém. O felino abriu a goela e emitiu um silvo grave e estremecedor, como o de uma serpente, para depois sumir na escuridão, com seu amo e senhor. Um sorriso de luz se acendeu nas trevas e dois olhos brilhantes como ouro incandescente pousaram sobre os seus enquanto aquelas vozes, em uníssono, pronunciavam seu nome. Irina gritou com todas as suas forças e se lançou contra a porta, que cedeu diante dela, fazendo com que caísse no chão do corredor. Sem perder um instante, se jogou escada abaixo, sentindo o hálito frio daquelas vozes na nuca.

Numa fração de segundo, Andrea Carver assistiu paralisada a sua filha Irina pular do alto da escada com o rosto iluminado pelo pânico. Gritou seu nome, mas era tarde demais. A menina caiu e rolou como um peso morto até o último degrau. Andrea Carver correu até ela e colocou sua cabeça no colo. Uma lágrima de sangue escorria de sua testa. Apalpou o pescoço e sentiu uma pulsação, embora fraca. Lutando contra a histeria, Andrea Carver levantou o corpo da filha e tentou pensar no que devia fazer naquele momento.

Enquanto os piores cinco segundos de sua vida desfilavam diante dela com infinita lentidão, Andrea Carver levantou os olhos para o alto da escada. No último degrau, o gato de Irina a encarava fixamente. Sustentou o olhar cruel e zombeteiro do animal durante uma fração de segundo e depois, sentindo o corpo de sua filha pulsando em seus braços, reagiu e correu para o telefone.

CAPÍTULO SETE

Quando Max, Alicia e Roland chegaram à casa da praia, o carro do médico ainda estava lá. Roland lançou um olhar interrogativo para Max. Alicia saltou da bicicleta e correu para a varanda, consciente de que algo ruim tinha acontecido. Maximilian Carver, com os olhos vidrados no rosto pálido, recebeu os três na porta.

— O que houve? — murmurou Alicia.

Seu pai a abraçou. Alicia permitiu que os braços de Maximilian Carver a rodeassem e sentiu o tremor de suas mãos.

— Irina sofreu um acidente. Está em coma. Estamos esperando a ambulância para levá-la para o hospital.

— Mamãe está bem? — gemeu Alicia.

— Está lá dentro com Irina e o médico. Não há mais nada que se possa fazer aqui — respondeu o relojoeiro com uma voz oca, exausta.

Calado e imóvel junto à entrada, Roland engoliu em seco.

— Vai ficar tudo bem? — perguntou Max, se dando conta de que era uma pergunta estúpida naquelas circunstâncias.

— Ainda não sabemos — murmurou Maximilian Carver, tentando inutilmente sorrir para eles e entrando de novo em casa. — Vou ver se sua mãe precisa de alguma coisa.

Os três amigos ficaram imóveis na varanda, silenciosos como túmulos. Alguns segundos depois, Roland rompeu o silêncio.

— Sinto muito...

Alicia fez que sim. Logo depois, a ambulância surgiu na estrada e se aproximou da casa. O médico saiu para recebê-la. Em questão de minutos, os dois enfermeiros entraram na casa e tiraram Irina estendida numa maca, coberta com uma manta. De passagem, Max captou uma visão da pele branca como cal da irmã pequena e sentiu seu estômago retorcer. Andrea Carver, com o rosto franzido e os olhos inchados e vermelhos, subiu na ambulância e lançou um último olhar desesperado para Alicia e Max. Os enfermeiros correram para seus lugares. Maximilian Carver se aproximou dos irmãos.

— Não gosto de deixá-los sozinhos. Tem um hotelzinho na cidade; acho que...

— Não vai acontecer nada, papai. Não se preocupe conosco agora — devolveu Alicia.

— Ligo assim que chegar ao hospital e dou o número de lá para vocês. Não sei quanto tempo vamos ficar fora. Não sei se há algo que...

— Pode ir, papai — cortou Alicia, abraçando o pai. — Vai dar tudo certo.

Maximilian Carver esboçou um último sorriso entre lágrimas e entrou na ambulância. Em silêncio, os três amigos contemplaram as luzes do veículo se perderem na distância, enquanto os últimos raios do sol empalideciam sob o manto púrpura do crepúsculo.

— Vai dar tudo certo — repetiu Alicia para si mesma.

* * *

Depois que arranjaram roupa seca (Alicia emprestou uma calça e uma camisa velha de seu pai a Roland), a espera pelas primeiras notícias começou a parecer interminável. As luas sorridentes do relógio de Max indicavam que faltavam apenas alguns minutos para as 11 horas da noite quando o telefone tocou. Alicia, que estava sentada entre Roland e Max nos degraus da varanda, deu um salto e correu para dentro. Antes que o telefone tocasse pela segunda vez, ela atendeu e, olhando para Max e Roland, balançou a cabeça.

— Está bem — disse, alguns segundos depois. — E mamãe, como está?

Max podia ouvir o rumor da voz do pai através do telefone.

— Não se preocupe — disse Alicia. — Não, não precisa. Sim, vamos ficar bem. Ligue amanhã.

Alicia fez uma pausa e concordou.

— Claro, pode deixar — garantiu. — Boa noite, papai.

Alicia desligou o telefone e olhou para o irmão.

— Irina está em observação — explicou. — Continua em coma e os médicos disseram que teve um traumatismo. Mas dizem que vai ficar boa.

— Tem certeza de que disseram isso? — perguntou Max. — E a mamãe?

— Imagine só. Por enquanto vão passar a noite lá. Mamãe não quer ir para o hotel. Vão ligar de novo amanhã às dez.

— E agora? — perguntou timidamente Roland.

Alicia deu de ombros e tentou desenhar um sorriso tranquilizador no rosto.

— Alguém está com fome? — perguntou aos rapazes.

Max se surpreendeu ao descobrir que estava faminto. Alicia suspirou e sorriu de novo, cansada.

— Acho que um jantarzinho cairia bem para nós três — concluiu. — Alguém vota contra?

Em alguns minutos, Max preparou sanduíches enquanto Alicia espremia limões para uma limonada.

Os três amigos jantaram no banquinho da entrada, na morna claridade amarelada do lampião que balançava sob a brisa noturna, cercado por uma nuvem dançante de pequenas mariposas da noite. Diante deles, a lua cheia se erguia sobre o mar, dando à superfície da água a aparência de um lago infinito de metal incandescente.

Comeram em silêncio, contemplando o mar e ouvindo o barulho das ondas. Quando terminaram os sanduíches e a limonada, os três amigos trocaram um olhar de cumplicidade.

— Acho que não vou conseguir pregar o olho essa noite — disse Alicia, levantando-se e fixando o horizonte de luz no mar.

— Acho que nenhum de nós vai — comentou Max.

— Tive uma ideia — disse Roland, com um sorriso divertido nos lábios. — Já tomaram banho de mar à noite alguma vez?

— Está brincando? — reagiu Max.

Sem uma palavra, Alicia olhou para os rapazes, os olhos brilhando enigmáticos, e se dirigiu tranquilamente para a praia. Espantado, Max ficou olhando a irmã atravessar a areia e, sem olhar para trás, tirar o vestido de algodão branco.

Alicia parou alguns segundos à beira-mar, a pele pálida e brilhante sob a claridade evanescente e azulada da lua, e depois, devagar, seu corpo mergulhou naquela imensa bacia de luz.

— Você não vem, Max? — perguntou Roland, seguindo os passos de Alicia na areia.

Max fez que não em silêncio, observando o amigo mergulhar e ouvindo as risadas da irmã no meio do murmúrio do mar.

Ficou ali em silêncio, tentando descobrir se aquela corrente elétrica quase palpável que parecia vibrar entre Alicia e Roland, um vínculo que escapava à sua definição e do qual se sentia excluído, o entristecia ou não. Olhando os dois brincando na água, Max percebeu, provavelmente antes deles mesmos, que um vínculo estreito estava se formando entre os dois, um elo que seria capaz de uni-los como um destino evidente durante aquele verão.

Ao pensar nisso, as sombras da guerra lhe vieram à mente, uma guerra que era travada tão perto e ao mesmo tempo tão longe daquela praia, uma guerra sem rosto que, em breve, ia se apoderar de seu amigo Roland e, talvez, dele mesmo. Pensou também em tudo o que tinha acontecido durante aquele longo dia, desde a visão fantasmagórica do *Orpheus* sob as águas, até o relato de Roland na cabana da praia e o acidente de Irina. Distante das risadas de Alicia e Roland, um profundo desassossego tomou conta de seu espírito. Sentia que, pela primeira vez em sua vida, o tempo passava mais rápido do que desejava e ele não podia mais se refugiar no sonho, como nos anos anteriores. A roda da fortuna tinha começado a girar e dessa vez quem jogou os dados não tinha sido ele.

* * *

Mais tarde, à luz de uma fogueira improvisada na areia, Alicia, Roland e Max falaram pela primeira vez do assunto que andava rondando a cabeça dos três há horas. A luz dourada do fogo se refletia nos rostos úmidos e brilhantes de Alicia e Roland. Max observou os dois detidamente e resolveu falar.

— Não sei como explicar, mas acho que está acontecendo alguma coisa — começou. — Não sei o que é, mas é coincidência demais. As estátuas, esse símbolo, o barco...

Max esperava que os dois discordassem ou que o tranquilizassem com as palavras sensatas que não conseguia encontrar, mostrando que suas preocupações eram apenas o resultado de um dia longo demais, no qual tinham acontecido coisas demais, que ele tinha levado a sério demais. No entanto, nada disso aconteceu. Alicia e Roland concordaram em silêncio, sem tirar os olhos do fogo.

— Você já tinha sonhado com aquele palhaço, não é? — perguntou Max.

Alicia fez que sim.

— Tem mais uma coisa que ainda não contei — continuou Max. — Ontem à noite, quando vocês foram dormir, decidi rever o filme que Jacob Fleischmann rodou no jardim de estátuas. Estive lá dois dias atrás. As estátuas estavam em outra posição, não sei... é como se tivessem se mexido. O que vi não é o que aparece no filme.

Alicia olhou para Roland, que contemplava a dança das chamas no fogo, hipnotizado.

— Seu avô nunca falou sobre isso, Roland?

Ele não parecia ter ouvido a pergunta. Alicia tocou a mão de Roland com a sua e ele ergueu os olhos.

— Sonho com esse palhaço a cada verão, desde que tenho 5 anos — disse com um fio de voz.

Max leu o medo no rosto do amigo.

— Acho que precisamos falar com seu avô, Roland — disse Max.

Roland concordou sem entusiasmo.

— Amanhã — prometeu com uma voz quase inaudível. — Amanhã.

CAPÍTULO OITO

Pouco antes do amanhecer, Roland pegou de novo a bicicleta e pedalou de volta para a casa do farol. Enquanto percorria a estrada da praia, um pálido brilho cor de âmbar começou a tingir uma cobertura de nuvens baixas. Sua mente ardia de desassossego e excitação. Acelerou a marcha até o limite de suas forças, com a esperança inútil de que o castigo físico acalmasse as milhares de perguntas e os medos que pulsavam dentro dele.

Depois de cruzar a baía do porto e pegar a ladeira que levava ao farol, Roland parou a bicicleta para recuperar o fôlego. No alto dos penhascos, o facho de luz do farol espanava as últimas sombras da noite como uma lâmina de fogo através da névoa. Sabia que seu avô ainda estava lá, alerta e silencioso, e que não abandonaria seu posto enquanto a escuridão não desaparecesse de todo diante da luz do amanhecer. Roland tinha convivido durante anos a fio com aquela obsessão doentia do velho sem questionar nem a razão nem a lógica de seu comportamento. Era simplesmente uma coisa que tinha assimilado desde menino, apenas mais um aspecto de sua vida cotidiana, ao qual tinha aprendido a não dar importância.

No entanto, com o passar do tempo, Roland foi tomando consciência de que a história do avô estava cheia de furos. Mas nunca, até agora, tinha entendido tão claramente que ele mentia ou que pelo menos não tinha contado toda a verdade. Não duvidava nem por um instante da honestidade do velho. De fato, com o passar dos anos o avô tinha revelado pouco a pouco as peças daquele estranho quebra-cabeça cujo centro agora parecia tão claro: o jardim de estátuas. Algumas vezes com palavras pronunciadas enquanto dormia, outras, a maioria, com respostas incompletas às perguntas que Roland fazia. Mas lá no fundo sabia que, se o avô o deixou à margem de seu segredo, foi apenas para protegê-lo. No entanto, aquele estado de inocência parecia estar chegando ao fim e a hora de enfrentar a verdade parecia cada vez mais próxima.

Retomou o caminho, tentando afastar aquele assunto de seus pensamentos, pelo menos por enquanto. Estava acordado havia tempo demais e seu corpo começava a acusar o cansaço. Assim que chegou à casa do farol, deixou a bicicleta apoiada na cerca e entrou na casa sem se preocupar em acender a luz. Subiu a escada até seu quarto e desabou na cama como um peso morto.

Da janela do quarto, podia ver o farol, que se erguia a cerca de 30 metros da casa, e, recortada por trás das vidraças da cabine, a silhueta imóvel de seu avô. Fechou os olhos e tentou conciliar o sono.

Os acontecimentos daquele dia desfilaram em sua mente, desde o passeio submarino no *Orpheus* até o acidente com a irmã mais nova de Alicia e Max. Roland pensou que era estranho, mas ao mesmo tempo reconfortante, ver como aquelas poucas horas foram capazes de uni-los tanto. Pensando nos dois irmãos, deitado na solidão de seu quarto, sentia como se, a partir de agora, eles fossem seus amigos mais íntimos, os companheiros com os quais podia compartilhar todos os seus segredos e preocupações.

Constatou que o simples fato de pensar neles já transmitia uma sensação de segurança e proximidade, à qual ele retribuía com um sentimento de lealdade e com uma profunda gratidão por aquele pacto invisível que uniu os três naquela noite na praia.

Quando o cansaço por fim venceu a excitação acumulada durante o dia, os últimos pensamentos de Roland enquanto mergulhava num sono profundo e reparador não foram para a misteriosa incerteza que se fechava sobre eles, nem para a sombria possibilidade de ser convocado durante o outono. Naquela noite, Roland dormiu placidamente nos braços de uma visão que o acompanharia para o resto de sua vida: Alicia, vestida apenas pela claridade da lua, mergulhando sua pele branca num mar de luz prateada.

* * *

O dia amanheceu sob um manto de nuvens escuras e ameaçadoras que se estendia desde o horizonte, com uma luz mortiça e nevoenta que lembrava um frio dia de inverno. Apoiado na cerca metálica do farol, Víctor Kray contemplou a baía a seus pés e pensou que os anos de farol o tinham ensinado a reconhecer a estranha e misteriosa beleza corrompida daqueles dias de chumbo que, vestidos de tempestade, anunciavam a explosão do verão na costa.

Vista da cabine do farol, a cidadezinha adquiria a curiosa aparência de uma maquete cuidadosamente construída por um colecionador. Mais adiante, indo para o norte, a praia se estendia como uma interminável linha branca. Em dias de sol intenso, ali daquele mesmo lugar onde Víctor Kray estava agora, era possível distinguir claramente o casco do *Orpheus* no fundo do mar, como um gigantesco fóssil mecânico encalhado na areia. Naquela manhã, entretanto, o mar se agitava como um lago escuro e sem fundo. Enquanto sondava a superfície impenetrável do oceano, Víctor Kray pensou nos últimos 25 anos passados naquele farol que ele mesmo tinha construído. Ao olhar para trás, sentia cada um desses anos como um peso terrível em suas costas.

Com o passar do tempo, a angústia secreta daquela espera interminável o fez pensar que talvez aquilo tudo fosse uma ilusão e que ele tinha se transformado, por sua inflexível obsessão, na sentinela de uma ameaça que só existia em sua própria imaginação. No entanto, uma vez mais, os sonhos voltaram e, por fim, os fantasmas do passado despertaram de um sono de longos anos e voltavam a percorrer os corredores de sua mente. E com eles voltava também o medo de estar velho e fraco demais para enfrentar seu antigo inimigo.

Há muitos anos não dormia mais do que duas ou três horas diárias; o resto do tempo ele passava praticamente sozinho no farol. Seu neto Roland costumava dormir várias noites da semana na cabana da praia e não era incomum que, às vezes, os dois só se encontrassem por alguns minutos. Aquele afastamento de seu próprio neto, ao qual Víctor Kray tinha se condenado voluntariamente, lhe dava pelo menos certa paz de espírito, pois tinha certeza de que a dor que sentia por não poder partilhar aqueles anos de vida com o menino era o preço a pagar pela segurança e felicidade futura de Roland.

Mas, apesar de tudo isso, cada vez que, do alto da torre do farol, via o neto mergulhar nas águas da baía junto ao casco do *Orpheus*, sentia seu sangue gelar. Nunca permitiu que Roland percebesse sua angústia e, desde a sua infância, tinha respondido às perguntas sobre o barco e sobre o passado sem mentir, mas, ao mesmo tempo, tentando não revelar a verdadeira natureza dos fatos. No dia anterior, contemplando Roland e os novos amigos na praia, ficou se perguntando se não teria sido um grande erro.

Esses pensamentos o mantiveram no farol durante mais tempo do que costumava ficar toda manhã. Normalmente, voltava para casa antes das oito. Víctor Kray olhou o relógio e viu que já passava das dez e meia. Desceu a espiral metálica da torre para ir para casa e aproveitar as poucas horas de sono que seu corpo permitia. No caminho viu a bicicleta de Roland: o menino tinha dormido em casa.

Quando entrou, tentando não fazer barulho para não incomodar o sono do neto, descobriu que Roland estava esperando por ele, sentado numa das velhas poltronas da sala de jantar.

— Não consegui dormir, vovô — disse Roland, sorrindo para ele. — Dormi umas duas horas como uma pedra, mas depois acordei de repente e não consegui pegar no sono de novo.

— Sei o que é isso — respondeu Víctor Kray —, mas conheço um truque infalível.

— Qual? — quis saber Roland.

O velho exibiu seu sorriso moleque, que tirava sessenta anos de suas costas.

— Cozinhar. Está com fome?

Roland considerou a pergunta. Com certeza, a imagem apetitosa de torradas com manteiga, geleia e ovo poché fazia seu estômago ronronar. Aceitou sem mais demora.

— Muito bem — disse Víctor Kray. — Vamos, você vai ser meu ajudante.

Roland acompanhou o avô até a cozinha e se dispôs a seguir as instruções do velho.

— Como sou engenheiro — explicou Víctor Kray —, farei os ovos. Você prepara as torradas.

Em poucos minutos, avô e neto conseguiram encher a cozinha de fumaça e impregnar a casa com o cheiro irresistível de um café da manhã recém-preparado. Em seguida, sentaram-se frente a frente na mesa da cozinha e brindaram com o indispensável copo de leite fresco.

— Um café da manhã para quem está em fase de crescimento — brincou Víctor Kray, fingindo atacar sua primeira torrada com voracidade.

— Estive no barco ontem — disse Roland, quase murmurando, de olhos baixos.

— Sei — disse o avô e continuou sorrindo e mastigando. — Alguma novidade?

Roland hesitou um segundo, largou o copo de leite e encarou o avô, que tentava manter uma expressão risonha e despreocupada.

— Acho que alguma coisa ruim está acontecendo, vovô — disse finalmente. — Alguma coisa que tem a ver com um jardim de estátuas.

Víctor Kray sentiu que um nó de aço se formava em seu estômago. Parou de mastigar, abandonando a torrada pelo meio.

— Esse meu amigo, o Max, viu umas coisas — continuou Roland.

— Onde o seu amigo mora? — perguntou o avô, com voz serena.

— Na velha casa dos Fleischmann, na praia.

Víctor Kray concordou lentamente.

— Roland, precisa me contar tudo o que você e seus amigos viram. Por favor.

Roland deu de ombros e relatou os acontecimentos dos últimos dias, desde o momento em que conheceu Max até a noite recém-terminada.

Quando encerrou o relato, olhou para o avô, tentando ler seus pensamentos. Imperturbável, o velho deu um sorriso tranquilizador.

— Acabe o seu café, Roland — ordenou.

— Mas... — protestou o jovem.

— Depois, quando tiver acabado, vá buscar seus amigos e traga-os aqui — explicou o velho. — Temos muito o que conversar.

* * *

Às 11h34 daquela manhã, Maximilian Carver telefonou do hospital para contar aos filhos as últimas notícias. A pequena Irina continuava melhorando lentamente, mas os médicos ainda não se atreviam a garantir que estava fora de perigo. Alicia percebeu que a voz do pai parecia mais calma e que o pior já tinha passado.

Cinco minutos mais tarde, o telefone tocou de novo. Era a vez de Roland, que estava ligando do café do povoado. Marcou um encontro ao meio-dia, no farol. Quando Alicia desligou, o olhar enfeitiçado que Roland lançou sobre ela na noite anterior na praia voltou à sua mente. Sorriu consigo mesma e foi até a varanda para contar a novidade a Max. Distinguiu a silhueta do irmão sentado na areia, olhando o mar. No horizonte, os primeiros raios de uma tempestade elétrica acenderam uma trilha de luz na abóboda do céu. Alicia caminhou até a beira d'água e sentou junto a Max. O ar frio daquela manhã mordia sua pele, e ela desejou ter trazido um pulôver.

— Roland ligou — disse Alicia. — O avô dele quer conversar conosco.

Max fez que sim, sem tirar os olhos do mar. Caindo sobre o oceano, um raio quebrou a linha do céu.

— Você gosta de Roland, não? — perguntou Max, brincando com um punhado de areia entre os dedos.

Alicia considerou a pergunta do irmão durante alguns segundos.

— Gosto — respondeu. — E acho que ele também gosta de mim. Por quê, Max?

Max deu de ombros e lançou um punhado de areia na linha onde a maré quebrava.

— Sei lá — disse Max. — É que estava pensando nisso e no que Roland disse sobre a guerra. Que provavelmente será recrutado depois do verão... Tanto faz, acho que não é problema meu.

Alicia virou para o irmão mais novo, procurando seu olhar fugidio. Ele erguia as sobrancelhas do mesmo jeito que o pai e seus olhos cinzentos refletiam, como sempre, um mar de nervos sepultados à flor da pele.

Alicia enlaçou os ombros do irmão com o braço e beijou seu rosto.

— Vamos entrar — disse, sacudindo a areia que tinha grudado em seu vestido. — Está frio aqui.

CAPÍTULO NOVE

Quando chegaram ao início do caminho que subia para o farol, Max sentiu que os músculos de suas pernas viraram manteiga em questão de segundos. Antes de partir, Alicia tinha se oferecido para pegar a outra bicicleta, que ainda dormia à sombra do galpão, porém Max rejeitou a ideia, oferecendo-se para levá-la tal como Roland tinha feito no dia anterior. Um quilômetro depois, Max começou a se arrepender da ideia desnecessária.

Como se adivinhasse seu sofrimento naquela longa marcha, seu amigo Roland esperava por ele de bicicleta, ao pé da estradinha. Ao vê-lo, Max parou e deixou sua irmã descer. Respirou profundamente e massageou os músculos das coxas, encurtados pelo esforço.

— Você deve ter encolhido uns 4 ou 5 centímetros — disse Roland.

Max resolveu não desperdiçar o fôlego respondendo à piadinha. Sem uma palavra, Alicia subiu na bicicleta de Roland e eles retomaram o caminho. Max esperou alguns segundos antes de começar a pedalar de novo, ladeira acima. Já sabia em que ia gastar sua primeira mesada: numa motocicleta.

* * *

A pequena sala de jantar da casa do farol cheirava a café fresco e fumo de cachimbo. O cháo e as paredes eram de madeira escura e, à parte uma imensa estante e alguns objetos marinhos que Max não conseguiu identificar, não tinha nenhum enfeite. Uma lareira com lenha para queimar e uma mesinha coberta com uma manta de veludo escuro cercada de velhas cadeiras de couro desbotado eram todo o luxo que Víctor Kray tinha se permitido.

Roland convidou os amigos a sentar nas poltronas e se acomodou entre os dois, numa cadeira de madeira. Esperaram cinco minutos sem dizer uma palavra, ouvindo os passos do velho faroleiro no andar de cima.

Finalmente o faroleiro fez sua entrada. Víctor Kray não era como Max tinha imaginado: era um homem de estatura média, pele clara e um tufo generoso de cabelos prateados, coroando um rosto que não refletia sua verdadeira idade.

Os olhos verdes e penetrantes percorreram lentamente os rostos dos dois irmãos, como se quisessem ler seus pensamentos. Max sorriu nervoso diante do olhar curioso do velho. Víctor Kray respondeu com um sorriso afável, que iluminou seu rosto.

— Vocês são a primeira visita que recebo em muitos anos — disse o faroleiro, sentando numa das poltronas. — Peço que desculpem meus modos. Seja como for, quando eu era criança, costumava pensar que toda essa história de cortesia era uma grande estupidez. E ainda penso.

— Nós não somos crianças, vovô — disse Roland.

— Pois para mim qualquer pessoa mais jovem do que eu é criança — respondeu Víctor Kray. — Você deve ser Alicia e você, Max. Não precisa ser muito esperto para descobrir, não é mesmo?

Alicia sorriu com simpatia. Só o conhecia há dois minutos, mas achava encantador o jeito gozador do velho. Max, por sua vez, estudava o rosto do homem tentando imaginá-lo trancado naquele farol durante décadas, guardião do segredo do *Orpheus*.

— Sei o que devem estar pensando — começou Víctor Kray. — Será que tudo o que vimos ou pensamos ver nos últimos dias é mesmo verdade? Na realidade, nunca pensei que chegaria a hora em que seria obrigado a falar desse assunto. Nunca falei sobre isso com ninguém, nem mesmo com Roland. Mas o que acontece é sempre o contrário do que esperamos, não?

Ninguém respondeu.

— Tudo bem. Vamos aos fatos. A primeira coisa é vocês me contarem tudo o que sabem. E quando digo tudo é *tudo*. Inclusive os detalhes que possam parecer insignificantes. Tudo. Entenderam bem?

Max olhos para os companheiros.

— Posso começar... — sugeriu.

Alicia e Roland aceitaram. Víctor Kray fez um sinal para que desse início ao relato.

* * *

Na meia hora seguinte, Max contou tudo o que lembrava, sem pausa, diante do olhar atento do velho faroleiro, que ouviu suas palavras sem o menor sinal de incredulidade nem, como Max já esperava, de espanto.

Quando acabou a história, Víctor Kray pegou o cachimbo e começou a prepará-lo metodicamente.

— Nada mal — murmurou. — Nada mal...

O faroleiro acendeu o cachimbo, e uma nuvem de fumaça com um cheiro adocicado inundou a sala. Víctor Kray saboreou demoradamente a primeira baforada de seu fumo especial e relaxou na poltrona. Em seguida, olhando cada um dos adolescentes nos olhos, começou a falar...

* * *

— Vou fazer 72 anos no outono e, embora me reste o consolo de que não aparento essa idade, cada um deles pesa como uma laje nas minhas costas. Mas a idade faz você ver certas coisas e agora sei, por exemplo, que a vida de uma pessoa se divide basicamente em três períodos. No primeiro, ela nem pensa que vai envelhecer um dia, que o tempo passa ou que, desde o primeiro dia, quando nascemos, todos caminhamos para um mesmo fim. Passada a primeira juventude, começa o segundo período, no qual a pessoa se dá conta da fragilidade da própria vida, e aquilo que não passava de um simples desassossego vai crescendo dentro da gente como um mar de dúvidas e incertezas que nos acompanham pelo resto de nossos dias. Por último, no final da vida, começa o terceiro período, de aceitação da realidade e, consequentemente, de resignação e espera. Ao longo da minha existência conheci muitas pessoas que ficaram presas em algum desses estágios e nunca conseguiram superá-los. É uma coisa terrível.

Víctor Kray comprovou que os três o acompanhavam atentamente e em silêncio, mas todos os olhares pareciam perguntar do que ele estava falando. Parou para saborear mais uma baforada e sorriu para sua pequena audiência.

— Esse é um caminho que cada um de nós tem que aprender a percorrer sozinho, pedindo a Deus que o ajude a não se perder antes de chegar ao final. Se todos nós fôssemos capazes de compreender essa simples verdade desde o início das nossas vidas, uma boa parte das misérias e sofrimentos desse mundo nunca aconteceria. No entanto, essa graça só nos é concedida quando é tarde demais e esse é um dos grandes paradoxos do universo. Fim da lição.

"Devem estar se perguntando por que falei isso. Já vou explicar. Às vezes, uma em um milhão, alguém ainda muito jovem compreende que a vida é um caminho sem retorno e resolve que isso não serve para ele. É como alguém que decide trapacear num jogo que não lhe agrada. A maioria das vezes, é descoberto e a trapaça chega ao fim. Mas, em outras, o trapaceiro consegue se dar bem. E se em vez de usar dados ou cartas, o jogo é de vida ou morte, um trapaceiro se transforma numa pessoa muito perigosa.

"Há muitíssimo tempo, quando eu tinha a idade de vocês, o destino fez com que minha vida cruzasse com a de um dos maiores trapaceiros que já pisou nesse mundo. Nunca cheguei a conhecer seu verdadeiro nome. No bairro pobre onde eu vivia, todos os meninos da rua o chamavam de Cain. Outros preferiam chamá-lo de Príncipe da Névoa, porque, segundo diziam, sempre surgia no meio da densa névoa que cobria os becos da cidade à noite e desaparecia antes do amanhecer, ainda no meio das trevas.

"Cain era um homem jovem e de boa aparência, cuja origem ninguém sabia explicar. Todas as noites, em alguns dos becos do bairro, ele reunia a meninada esfarrapada e coberta de sujeira e fuligem das fábricas e propunha um pacto. Cada um podia formular um desejo, que ele realizaria. Em troca, Cain pedia apenas uma coisa: lealdade absoluta. Certa noite, Angus, meu melhor amigo, me levou a uma das reuniões de Cain com os meninos do bairro. O tal sujeito se vestia como um cavaleiro saído de uma ópera e sorria sempre. Seus olhos pareciam mudar de cor no escuro e sua voz era grave e pausada. Segundo os meninos, ele era um feiticeiro. Eu, que não acreditava em uma só palavra de todas as histórias que circulavam a seu respeito, fui ao encontro daquela noite disposto a rir do suposto bruxo. No entanto, lembro bem que, diante da sua presença, toda a minha vontade de fazer piada se pulverizou no ar. Quando o vi, a única coisa que senti foi medo e, claro, não ousei dizer uma só palavra. Naquela noite, vários dos moleques da rua fizeram seus pedidos a Cain. Quando todos terminaram, ele dirigiu seu olhar gelado para o canto em que estávamos, meu amigo Angus e eu. Perguntou se não queríamos pedir nada. Eu fiquei paralisado, mas Angus, para minha surpresa, falou. Seu pai tinha perdido o emprego naquele mesmo dia. A fundição onde a grande maioria dos adultos do bairro trabalhava estava despedindo uma parte do pessoal e substituindo por máquinas, que trabalhavam mais e não abriam a boca. Os primeiros a ir para o olho da rua foram os líderes mais combativos dos trabalhadores. O pai de Angus tinha quase todos os números daquela rifa...

"A partir daquele dia, sustentar Angus e seus cinco irmãos, que se apertavam numa casa miserável de tijolos apodrecidos pela umidade, tinha se transformado em algo impossível. Com um fio de voz, Angus fez seu pedido: que seu pai fosse readmitido na fundição. Cain fez que sim e, tal como tinham me dito, caminhou até a névoa e desapareceu. No dia seguinte, o pai de Angus foi inexplicavelmente chamado de volta pela fábrica. Cain havia cumprido sua palavra.

"Duas semanas mais tarde, Angus e eu voltávamos para casa de noite, depois de um passeio num parque de diversões que tinha se instalado nos arredores da cidade. Para não chegarmos atrasados demais, resolvemos pegar um atalho que seguia pela velha linha de trem abandonada. Caminhávamos por aquele local sinistro à luz da lua quando, do meio da névoa, vimos uma silhueta caminhar em nossa direção pela linha férrea desativada, enrolada numa capa com uma estrela de seis pontas bordada a ouro dentro de um círculo. Era o Príncipe da Névoa. Ficamos petrificados. Cain se aproximou e, com seu habitual sorriso, falou com Angus. Explicou que tinha chegado a hora de devolver o favor recebido. Visivelmente aterrorizado, Angus fez que sim. Cain disse que seu pedido era simples; um pequeno ajuste de contas. Naquela época, o indivíduo mais rico do bairro, o único realmente rico, era Skolimoski, um comerciante polonês, dono do armazém de comida e roupa em que toda a vizinhança fazia suas compras. A missão de Angus era tocar fogo no armazém de Skolimoski. O trabalho devia ser feito na noite seguinte. Angus tentou protestar, mas as palavras não chegavam à sua garganta. Havia algo nos olhos de Cain que deixava bem claro que não estava disposto a aceitar nada além da obediência absoluta. O bruxo sumiu como tinha chegado.

"Corremos de volta e, quando deixei Angus na porta de sua casa, o olhar de terror que enchia seus olhos apertou meu coração. No dia seguinte procurei meu amigo pelas ruas, mas não havia nenhum sinal dele. Começava a temer que Angus tivesse resolvido cumprir a missão criminosa que Cain tinha lhe dado e decidi montar guarda na frente do armazém de Skolimoski ao cair da noite. Angus não apareceu e, durante a madrugada, a loja do polonês não pegou fogo. Fiquei me sentindo culpado por ter duvidado dele e achei que o melhor que podia fazer era tranquilizá-lo, pois, conhecendo bem o meu amigo, sabia que devia estar escondido em casa, tremendo de medo diante de alguma possível represália daquela criatura fantasmagórica. Na manhã seguinte fui até sua casa. Angus não estava. Com lágrimas nos olhos, sua mãe me disse que não tinha aparecido durante toda a noite e implorou que eu procurasse por ele e o levasse de volta para casa.

"Com o estômago apertado, percorri o bairro de cima a baixo sem deixar nenhum de seus cantos fedorentos de fora. Ninguém tinha visto Angus. Ao entardecer, exausto e sem saber mais onde procurar, uma estranha intuição tomou conta de mim. Voltei ao atalho pela velha linha de trem e segui os rastros dos trilhos que brilhavam fracamente sob a lua na escuridão da noite. Não precisei andar muito. Encontrei meu amigo caído nos trilhos, no mesmo lugar onde Cain tinha emergido da névoa algumas noites antes. Tentei sentir seu pulso, mas, em vez da pele de seu corpo, minhas mãos só encontraram gelo. O corpo de Angus tinha se transformado numa grotesca figura de gelo azul e fumegante que derretia lentamente sobre os trilhos abandonados. Pendurada em seu pescoço, uma pequena medalha exibia o mesmo símbolo que eu tinha visto gravado na capa de Cain: a estrela de seis pontas rodeada por um círculo. Fiquei junto dele até que os traços de seu rosto se desfizeram para sempre numa poça de lágrimas geladas cercada pela escuridão.

"Naquela mesma noite, enquanto eu testemunhava horrorizado o destino de meu amigo, o armazém de Skolimoski foi destruído por um incêndio terrível. Nunca contei a ninguém o que meus olhos tinham presenciado naquele dia.

"Dois meses depois, minha família se mudou para o sul, longe dali, e logo, com o passar dos meses, comecei a acreditar que o Príncipe da Névoa era somente uma lembrança amarga dos anos obscuros que vivi à sombra daquela cidade pobre, suja e violenta da minha infância... Até o dia em que voltei a vê-lo e compreendi que aquilo tinha sido só o começo."

CAPÍTULO DEZ

"O encontro seguinte com o Príncipe da Névoa teve lugar numa noite em que meu pai, que tinha sido promovido a técnico-chefe de uma empresa têxtil, levou toda a família a um grande parque de diversões construído sobre um cais de madeira que penetrava no mar como um palácio de cristal suspenso no céu. Ao anoitecer, o espetáculo das luzes multicoloridas das atrações do parque sobre a água era impressionante. Nunca tinha visto nada tão lindo. Meu pai estava eufórico: tinha conseguido resgatar sua família do que parecia ser um futuro miserável no norte e agora era um homem importante, bem-considerado e com dinheiro suficiente para que seus filhos aproveitassem as mesmas diversões que qualquer outro menino da capital. Jantamos cedo e em seguida meu pai nos deu algumas moedas para que cada um gastasse no que desejasse, enquanto ele e minha mãe passeavam de braços dados, misturados aos turistas de luxo e à emperiquitada população local.

"Fiquei fascinado com uma enorme roda-gigante que girava sem parar numa das extremidades do cais e cujos reflexos eram visíveis à distância de várias milhas na costa. Corri para a fila e, enquanto esperava, reparei num dos quiosques montados a poucos metros dali. Entre barracas de rifa e tiro ao alvo, uma intensa luz púrpura iluminava a misteriosa tenda de um tal dr. Cain, adivinho, mago e vidente, segundo rezava um cartaz onde um desenho de quinta categoria estampava o rosto de Cain olhando ameaçadoramente para os curiosos que se aproximavam da nova toca do Príncipe da Névoa. O cartaz e as sombras da luz púrpura conferiam um aspecto macabro e lúgubre à barraca. Uma cortina com a estrela de seis pontas bordada em negro velava a passagem para o interior.

"Enfeitiçado por aquela visão, abandonei a fila da roda-gigante e fui me aproximando da entrada da tenda. Estava tentando ver alguma coisa no interior através de uma fresta da cortina, quando ela se abriu de repente e uma mulher vestida de negro, com a pele branca como leite e olhos escuros e penetrantes, fez um gesto me convidando a entrar. Lá dentro, sentado atrás de uma escrivaninha à luz de um abajur, vi aquele homem que conheci um dia, muito longe dali, com o nome de Cain. Um grande gato escuro de olhos dourados se lambia, deitado a seus pés.

"Sem pensar duas vezes, entrei e me dirigi à mesa onde o Príncipe da Névoa esperava por mim, sorridente. Relembro até hoje a sua voz, grave e pausada, pronunciando meu nome acima do murmúrio da hipnótica música de realejo de um carrossel que, no entanto, parecia estar muito, muito longe dali..."

* * *

— Víctor, meu bom amigo — sussurrou Cain. — Se não fosse adivinho, eu diria que o destino está querendo unir nossos caminhos novamente.

— Quem é o senhor? — conseguiu articular o jovem Víctor, enquanto constatava de rabo de olho a mulher fantasmagórica que tinha se retirado para o fundo da tenda.

— Sou o dr. Cain. É o que diz o cartaz — respondeu Cain. — E então, veio se divertir com a família?

Víctor engoliu em seco e fez que sim.

— Isso é bom — continuou o mago. — A diversão é como o ópio: nos tira da miséria e da dor, embora seja tão fugaz.

— Não sei o que é ópio — replicou Víctor.

— Uma droga, filho — respondeu Cain, cansadamente, desviando os olhos para um relógio que repousava numa estante à sua direita.

Víctor teve a impressão de que os ponteiros giravam no sentido inverso.

— O tempo não existe, por isso não se deve perdê-lo. Já pensou qual é o seu desejo?

— Não tenho nenhum desejo — respondeu Víctor.

Cain começou a rir.

— Vamos, vamos. Todos temos um desejo, se não centenas. E são poucas as ocasiões em que a vida nos permite realizá-los. — Cain olhou para a enigmática mulher com uma careta de compaixão. — Não é verdade, querida?

Como se fosse um mero objeto inanimado, a mulher não respondeu.

— Mas alguns, como você, por exemplo, têm mais sorte, Víctor — disse Cain, inclinando-se sobre a mesa. — Você pode realizar seus sonhos, Víctor. E já sabe como.

— Como fez Angus? — provocou Víctor, que naquele instante reparou num detalhe estranho que não conseguiu mais tirar do pensamento: Cain não havia piscado, nem uma única vez.

— Um acidente, meu amigo. Um infeliz acidente — disse Cain, adotando um tom penalizado e triste. — É um erro pensar que os sonhos podem se transformar em realidade sem pedir nada em troca, não acha, Víctor? Digamos que não seria justo. Angus quis esquecer certas obrigações e isso é intolerável. Mas passado é passado. Vamos falar do futuro, do seu futuro.

— Foi isso que você fez? — perguntou Víctor. — Transformar um sonho em realidade? Transformar-se no que é agora? O que teve que dar em troca?

Cain perdeu seu sorriso de réptil e cravou seus olhos em Víctor Kray. Por um instante, o jovem teve medo de que o homem se lançasse em cima dele para fazê-lo em pedaços. Finalmente Cain sorriu de novo e suspirou.

— Um jovem inteligente. Gosto disso, Víctor. No entanto, ainda tem muita coisa a aprender. Quando estiver preparado, passe por aqui. Já sabe como me encontrar. Espero poder vê-lo em breve.

— Duvido muito — respondeu Víctor, enquanto levantava e caminhava de volta para a saída.

A mulher, como uma marionete abandonada, cujos cordéis foram puxados de repente, começou a caminhar, fazendo menção de acompanhá-lo. A poucos passos da saída, a voz de Cain soou de novo às suas costas.

— Mais uma coisinha, Víctor, a respeito dos desejos. A oferta está de pé. Se não lhe interessa, quem sabe algum membro de sua maravilhosa família não tem algum sonho inconfessável escondido. Eles são a minha especialidade...

Víctor não parou para responder e saiu de novo para o ar fresco da noite. Respirou profundamente e apressou o passo para ir ao encontro de sua família. Enquanto se afastava, a risada do dr. Cain se perdeu atrás dele como a gargalhada de uma hiena, encoberta pela música do carrossel.

* * *

Fascinado, Max tinha escutado o relato do velho faroleiro até aquele ponto, sem se atrever a formular uma só das milhares de perguntas que fervilhavam em sua mente. Víctor Kray deu a impressão de ter lido seus pensamentos quando apontou para ele com um dedo acusador.

— Paciência, meu jovem. Todas as peças vão se encaixando na hora certa. Proibido interromper. Certo?

Embora a advertência fosse dirigida a Max, os três amigos concordaram em coro.

— Muito bem, muito bem... — murmurou o velho consigo mesmo.

* * *

— Naquela mesma noite resolvi me afastar para sempre daquele indivíduo e tentar apagar de minha mente todos os pensamentos que se referissem a ele. Mas não era fácil. Fosse quem fosse, o dr. Cain tinha a rara habilidade de grudar na pessoa como fazem aquelas farpas que, quanto mais você tenta tirar, mais afundam na pele. Não podia falar no assunto com ninguém, a menos que quisesse passar por um lunático, e também não podia procurar a polícia, pois nem saberia por onde começar. Como é prudente fazer nesses casos, deixei o tempo passar.

"Tudo corria bem em nosso novo lar e tive a chance de conhecer uma pessoa que me ajudou muito. Tratava-se de um padre que dava aulas de matemática e física na escola. À primeira vista, parecia que estava sempre com a cabeça nas nuvens, mas era um homem cuja grande inteligência só se comparava com a bondade que se esforçava para esconder atrás de uma convincente personificação do cientista maluco da cidade. Ele me estimulou a descobrir a matemática e estudar a fundo. Não é estranho que, depois de alguns anos sob sua influência, minha vocação para as ciências ficasse cada vez mais clara. No começo, quis seguir seus passos, mas o padre me deu uma tremenda bronca: o que eu devia fazer era entrar para a universidade, estudar física e me transformar no melhor engenheiro que já havia pisado no país. Ou isso, ou ele não me dirigia mais a palavra.

"Foi ele quem me conseguiu a bolsa para a universidade e quem realmente encaminhou minha vida para o que poderia ter sido. Morreu uma semana antes da minha formatura. Não tenho mais vergonha de dizer que senti sua morte tanto ou mais que a do meu pai. Na universidade, acabei fazendo amizade com alguém que faria com que me encontrasse de novo com o dr. Cain: um jovem estudante de medicina pertencente a uma família escandalosamente rica (pelo menos, é o que me parecia), chamado Richard Fleischmann. Exatamente o futuro dr. Fleischmann que, anos mais tarde, construiria a casa da praia.

"Richard Fleischmann era um jovem muito exaltado e dado a exageros. Durante toda a sua vida, foi acostumado a receber as coisas exatamente do jeito que queria e, quando alguma coisa contrariava suas expectativas, ficava furioso com o mundo inteiro. O que fez com que nos tornássemos amigos foi uma ironia do destino: nos apaixonamos pela mesma mulher, Eva Gray, filha do mais insuportável e autoritário catedrático de química da faculdade.

"No começo, saíamos os três juntos em longos passeios aos domingos, quando o ogro que era seu pai, professor Theodore Gray, não nos impedia. Mas esse arranjo não durou muito. O mais curioso da história é que Fleischmann e eu, longe de nos transformarmos em rivais, éramos companheiros inseparáveis. De noite, depois de acompanhar Eva ao covil do ogro, fazíamos o caminho de volta juntos, mesmo sabendo que, cedo ou tarde, um dos dois ficaria fora do jogo.

"Mas até a chegada desse dia, vivemos um período que recordo como os melhores anos da minha vida. Tudo, porém, tem um fim, e o fim do nosso trio aconteceu na noite da formatura. Embora tivesse obtido todos os triunfos possíveis, minha alma se arrastava pelo chão por causa da perda do meu velho mestre. Diante disso, Eva e Richard resolveram que, embora não bebesse, naquela noite eu tinha que tomar um porre para afugentar a melancolia do meu espírito de qualquer jeito. Nem é preciso dizer que Theodore, o ogro, apesar de surdo como uma toupeira, parecia ouvir através das paredes e descobriu nosso plano, de modo que a noitada acabou com Fleischmann e eu sozinhos, bêbados como gambás, num bar infecto, onde nos dedicamos a tecer elogios ao objeto de nosso amor impossível, Eva Gray.

"Na mesma noite, quando voltávamos para o campus aos tropeções, um parque de diversões ambulante surgiu de repente no meio da névoa ao lado da estação de trem. Convencidos de que uma volta de carrossel seria a cura infalível para o nosso estado, Fleischmann e eu entramos no parque e acabamos diante da porta da barraca do dr. Cain, adivinho, mago e vidente, como anunciava o sinistro cartaz de sempre. Fleischmann teve uma de suas ideias geniais. Entraríamos e pediríamos ao adivinho que decifrasse o enigma: qual dos dois seria o escolhido de Eva Gray? Apesar da bebedeira, ainda tive juízo suficiente no corpo para não entrar, mas não tive forças para impedir meu amigo, que penetrou decididamente na tenda.

"Acho que perdi os sentidos, pois não me lembro muito bem das horas seguintes. Quando recobrei a consciência, junto com a agonia de uma dor de cabeça atroz, Fleischmann e eu estávamos deitados num velho banco de madeira. Amanhecia e os caminhões do parque tinham desaparecido, como se todo aquele universo de luzes, ruído e gente da noite anterior não passasse de uma simples ilusão de nossas mentes embriagadas. Levantamos e contemplamos a clareira deserta ao nosso redor. Perguntei a meu amigo se ele lembrava alguma coisa da madrugada anterior. Fazendo um esforço, Fleischmann disse que tinha sonhado que entrava na barraca de um adivinho e, quando ele perguntou qual era o seu maior desejo, tinha respondido que desejava o amor de Eva Gray. Em seguida, ele riu, fazendo piada com a ressaca monumental que nos castigava, convencido de que nada daquilo tinha acontecido.

"Dois meses depois, Eva Gray e Richard Fleischmann se casaram. Nem me convidaram para a cerimônia. Não voltaria a vê-los durante 25 anos."

* * *

— Num dia chuvoso de inverno, um homem vestido com um sobretudo me seguiu desde o escritório até a minha casa. Da janela da sala de jantar, vi que o estranho continuava lá embaixo, vigiando. Hesitei alguns segundos, mas fui até lá disposto a desmascarar o misterioso espião. Era Richard Fleischmann, tiritando de frio e com o rosto marcado pelos anos. Seus olhos eram os de um homem que viveu a vida inteira sendo perseguido. Fiquei perguntando há quantos meses meu antigo amigo não dormia. Levei-o para casa e ofereci um café quente. Sem se atrever a me encarar de frente, ele perguntou se eu me lembrava daquela noite enterrada anos atrás na barraca do dr. Cain.

"Sem paciência para cortesias, perguntei o que Cain tinha pedido em troca da realização de seu desejo. Com o rosto cheio de medo e vergonha, Fleischmann se ajoelhou diante de mim, implorando minha ajuda entre lágrimas. Não liguei para suas lamentações e exigi que respondesse: o que tinha prometido ao dr. Cain em troca de seus serviços?

"Meu filho — respondeu ele. — Eu prometi o meu primeiro filho..."

* * *

— Fleischmann confessou que, durante anos, deu à esposa, sem que ela soubesse, uma droga que impedia que ficasse grávida. No entanto, com o passar dos anos, Eva Fleischmann tinha mergulhado numa depressão profunda e a ausência da tão desejada descendência tinha transformado seu casamento num inferno. Fleischmann teve medo de que Eva enlouquecesse caso não tivesse um filho ou mergulhasse numa tristeza tão grande que sua vida se apagaria lentamente, como uma vela sem ar. Disse que não tinha ninguém a quem recorrer e suplicou meu perdão e minha ajuda. Finalmente, prometi que ajudaria, mas não por ele e sim pelo vínculo que ainda me unia a Eva Gray e em homenagem à nossa antiga amizade.

"Naquela mesma noite, expulsei Fleischmann de minha casa, mas com uma intenção muito diferente da que ele imaginava. Enfrentando a chuva, segui o homem que um dia cheguei a considerar meu amigo, atravessando a cidade, perguntando a mim mesmo por que estava fazendo aquilo. A simples ideia de que Eva Gray, mesmo tendo me rejeitado quando éramos jovens, fosse obrigada a entregar seu filho àquele bruxo miserável revolvia minhas entranhas e foi suficiente para que eu decidisse enfrentar novamente o dr. Cain, embora minha juventude já tivesse evaporado há tempos e eu estivesse cada vez mais consciente de que podia me dar muito mal naquele jogo.

"As andanças de Fleischmann me levaram ao novo covil de meu velho conhecido, o Príncipe da Névoa. Um circo ambulante era o seu lar no momento e, para minha surpresa, o dr. Cain tinha renunciado ao seu posto de adivinho e vidente para assumir uma nova personalidade, mais modesta, porém mais adequada a seu senso de humor. Ele agora era um palhaço que atuava com o rosto pintado de branco e vermelho, embora os olhos de cor mutável delatassem sua identidade, mesmo debaixo de dezenas de camadas de maquiagem. O circo de Cain mantinha a estrela de seis pontas no alto de um mastro e o mago tinha se cercado de uma sinistra corte de súditos que, sob a aparência de artistas itinerantes, pareciam esconder algo bem mais tenebroso. Espionei o circo de Cain durante duas semanas e logo descobri que a lona roída e amarelada ocultava uma perigosa quadrilha de vigaristas, criminosos e ladrões que praticavam seus delitos por onde passavam. Averiguei também que a falta de refinamento do dr. Cain na escolha de seus escravos fez com que deixasse atrás de si uma clamorosa pista de crimes, desaparecimentos e roubos que não escapou aos olhos da polícia local, que farejava bem de perto o cheiro de corrupção que se desprendia daquele fantasmagórico circo.

"É claro que Cain tinha consciência dessa situação e, por isso, concluiu que ele e os amigos precisavam desaparecer do país sem perda de tempo, mas de um modo discreto e de preferência bem distante dos trâmites policiais. Assim, aproveitando-se de uma dívida de jogo que o vício do capitão holandês lhe deu de bandeja, o dr. Cain conseguiu embarcar no *Orpheus* naquela noite. E eu com ele.

"Nem eu sei explicar o que aconteceu na noite da tempestade. Um temporal terrível arrastou o *Orpheus* de volta para a costa e lançou o barco contra os rochedos, abrindo uma fenda em seu casco que fez com que afundasse em questão de segundos. Só consegui me salvar porque estava escondido num dos botes salva-vidas, que foi jogado para fora do barco quando ele bateu nos rochedos e levado até a praia pelas ondas. Cain e seus comparsas viajavam no porão, escondidos sob algumas caixas, com medo de um possível controle militar no meio da travessia do canal. É provável que, quando a água gelada inundou as entranhas do casco, não tenham tido tempo nem de entender o que estava acontecendo..."

* * *

— Mesmo assim — interrompeu finalmente Max —, os corpos não foram encontrados.

Víctor Kray concordou.

— Muitas vezes, em tempestades dessa natureza, o mar leva os corpos consigo — esclareceu o faroleiro.

— Mas devolve mais tarde, mesmo depois de alguns dias — replicou Max. — Foi o que li.

— Não acredite em tudo o que lê — disse o velho —, embora nesse caso seja verdade.

— O que pode ter acontecido então? — perguntou Alicia.

— Durante anos tive uma teoria na qual nem eu mesmo acreditava. Mas agora tudo parece confirmá-la...

* * *

— Fui o único sobrevivente do naufrágio do *Orpheus*. No entanto, ao recuperar a consciência no hospital, compreendi que alguma coisa estranha tinha acontecido. Resolvi construir esse farol e fixar residência no vilarejo, mas vocês já conhecem essa parte da história. Eu sabia que aquela noite não tinha marcado o fim do dr. Cain: era apenas um parêntese. Foi por isso que fiquei aqui todos esses anos. O tempo passou e, quando os pais de Roland morreram, decidi cuidar dele, que, em troca, foi minha única companhia no exílio.

"Mas isso não é tudo. Durante esses anos, cometi outro erro fatal. Resolvi entrar em contato com Eva Gray. Acho que queria saber se tudo o que passei teve algum efeito. Fleischmann foi mais rápido do que eu e, ao saber do meu paradeiro, veio me visitar. Contei o que tinha acontecido e isso pareceu libertá-lo de todos os fantasmas que o atormentaram por tantos anos. Decidiu construir a casa da praia e pouco tempo depois nascia o pequeno Jacob. Foram os melhores anos da vida de Eva. Até a morte do menino.

"No dia em que Jacob Fleischmann morreu afogado, percebi que o Príncipe da Névoa nunca tinha ido embora. Estava escondido nas sombras, esperando, sem pressa, que alguma força o trouxesse de volta ao mundo dos vivos. E nada tem tanta força quanto uma promessa..."

CAPÍTULO ONZE

Quando o velho faroleiro terminou seu relato, o relógio de Max mostrava que faltavam alguns minutos para as cinco da tarde. Lá fora, tinha começado a cair uma chuvinha fraca e o vento que soprava do mar sacudia insistentemente as persianas das janelas da casa do farol.

— Está chegando uma tempestade — disse Roland, examinando o horizonte cor de chumbo sobre o oceano.

— Precisamos voltar para casa, Max. Papai vai ligar daqui a pouco — murmurou Alicia.

Max concordou sem muita convicção. Precisava refletir cuidadosamente sobre tudo que o velho faroleiro tinha explicado e tentar encaixar as peças no quebra-cabeça. O homem, mergulhado em sua poltrona num silêncio apático depois do esforço de recordar sua história, olhava para o vazio, ausente.

— Max — insistiu Alicia.

Max levantou e cumprimentou o velho, que correspondeu com um aceno quase imperceptível. Roland examinou seu avô por alguns segundos e tratou de acompanhar os amigos até lá fora.

— E agora? — perguntou Max.

— Ainda não sei o que pensar — afirmou Alicia, dando de ombros.

— Não acredita na história do avô de Roland? — perguntou Max.

— Não é uma história fácil de acreditar — observou Alicia. — Tem que existir outra explicação.

Max dirigiu um olhar indagador a Roland.

— Você também não acredita em seu avô, Roland?

— Quer que seja sincero? — respondeu o garoto. — Não sei. Vamos logo. Vou com vocês, antes que a tempestade caia sobre nossas cabeças.

Alicia sentou na bicicleta de Roland e, sem dizer nada, os dois pegaram o caminho de volta. Max virou um instante e contemplou a casa do farol, tentando avaliar se os anos de solidão naquele rochedo tinham levado Víctor Kray a inventar aquela história sinistra, na qual ele parecia acreditar de pés juntos. Deixou que a chuvinha fina molhasse seu rosto e montou na bicicleta, descendo costa abaixo.

A história de Cain e Víctor Kray permanecia viva em sua memória enquanto descia a estrada que margeava a baía. Pedalando sob a chuva, Max começou a organizar os fatos do único modo que parecia plausível. Mesmo supondo que tudo contado pelo velho fosse verdade, o que não era nada fácil de acreditar, a situação continuava sem explicação. Um poderoso mago mergulhado num longo sono voltava lentamente à vida e, partindo desse princípio, a morte do pequeno Jacob Fleischmann seria o primeiro sinal de seu retorno. No entanto, alguma coisa na história que o faroleiro tinha escondido durante tanto tempo não se encaixava na mente de Max.

Os primeiros relâmpagos pintaram o céu de escarlate e o vento forte atirava pesadas gotas da chuva no rosto de Max.

Ele aumentou o ritmo das pedaladas, embora suas pernas ainda não estivessem recuperadas da maratona matinal. Ainda faltavam cerca de 2 quilômetros de estrada para chegar à casa da praia.

Max compreendeu que não seria capaz de simplesmente engolir a história do velho e aceitar que ela explicava tudo. A presença fantasmagórica do jardim de estátuas e tudo o que tinha acontecido nos primeiros dias naquele povoado mostravam que um mecanismo sinistro tinha se posto em movimento e que ninguém podia prever o que ia acontecer a partir daquele momento. Com ou sem a ajuda de Roland e Alicia, Max estava determinado a continuar investigando até chegar ao fundo da verdade, a começar pela única coisa que podia levar diretamente ao centro do enigma: os filmes de Jacob Fleischmann. Quanto mais pensava sobre aquela história, mais convencido ficava de que Víctor Kray não tinha contado toda a verdade. Longe disso.

* * *

Alicia e Roland esperavam na varanda da casa da praia quando Max, ensopado pela chuva, largou a bicicleta no galpão da garagem e correu para se abrigar do forte aguaceiro.

— Já é a segunda vez só nessa semana — riu Max. — Se continuar assim, vou acabar encolhendo. Não está pensando em voltar agora, está, Roland?

— Acho que sim — respondeu ele, observando a grossa cortina de água que caía com fúria. — Não quero deixar meu avô sozinho.

— Pegue pelo menos uma capa. Vai acabar pegando uma pneumonia — comentou Alicia.

— Não precisa. Estou acostumado. Além do mais, é chuva de verão: passa rápido.

— Falou a voz da experiência — zombou Max.

— É isso mesmo — devolveu Roland.

Os três amigos se olharam em silêncio.

— Acho que a melhor coisa é não voltar a falar desse assunto até amanhã — sugeriu Alicia. — Uma boa noite de sono vai nos ajudar a ver as coisas com mais clareza. Pelo menos, é isso que se costuma dizer nessas ocasiões.

— E quem vai conseguir dormir esta noite, depois de uma história como essa? — soltou Max.

— Sua irmã tem razão — disse Roland.

— Puxa-saco — retalhou Max.

— Mudando de assunto, estava pensado em mergulhar no barco de novo amanhã. Se tiver sorte, consigo recuperar o sextante que alguém deixou cair... — sugeriu Roland.

Max ainda estava pensando numa resposta arrasadora, que deixasse bem claro que achava uma péssima ideia mergulhar no *Orpheus* de novo, quando Alicia se adiantou.

— Estaremos lá — murmurou ela.

Um sexto sentido disse a Max que aquele plural era pura gentileza.

— Até amanhã, então — respondeu Roland, os olhos brilhantes pousados em Alicia.

— Também estou aqui — disse Max, cantarolando.

— Até amanhã, Max — respondeu Roland, já de partida na bicicleta.

Os dois irmãos ficaram olhando Roland se afastar e permaneceram na varanda até sua silhueta desaparecer na estrada da praia.

— Devia ir colocar uma roupa seca, Max. Enquanto isso, vou preparar um jantar — sugeriu Alicia.

— Você? — provocou Max. — Desde quando sabe cozinhar?

— Quem lhe disse que estou pensando em cozinhar, queridinho? Isso aqui não é hotel. Vamos, entre — ordenou Alicia, com um sorriso malicioso nos lábios.

Max resolveu seguir os conselhos da irmã e entrou em casa. A ausência de Irina e de seus pais acentuava aquela sensação de ser um intruso num lar estranho que a casa da praia lhe inspirou desde o primeiro dia. Enquanto subia a escada em direção ao quarto, reparou de repente que fazia dois dias que não via o gato asqueroso de Irina. Não achou que fosse uma grande perda e, tal como surgiu, aquela lembrança se apagou de sua mente.

* * *

Fiel à palavra dada, Alicia não perdeu um segundo além do estritamente necessário na cozinha. Preparou umas fatias de pão de centeio com manteiga e geleia e dois copos de leite.

Quando Max viu a bandeja com o suposto jantar, sua expressão falou por si só.

— Nem uma palavra — ameaçou Alicia. — Não vim ao mundo para cozinhar.

— É mesmo? — ironizou Max, que de todo modo não estava com muito apetite.

Comeram em silêncio, esperando que o telefone tocasse a qualquer momento com notícias do hospital, mas a ligação não aconteceu.

— Talvez tenham ligado antes, quando estávamos no farol — sugeriu Max.

— Talvez — murmurou Alicia.

Max percebeu a expressão preocupada da irmã.

— Se tivesse acontecido alguma coisa — argumentou Max —, teriam ligado de novo. Deve estar tudo bem.

Alicia sorriu sem ânimo, confirmando a inata habilidade de Max para reconfortar as pessoas com argumentos nos quais ele mesmo não acreditava.

— Acho que sim — confirmou Alicia. — Acho que vou me deitar. E você?

Max esvaziou o copo de leite e apontou para a cozinha.

— Vou em seguida, mas preciso comer mais alguma coisa. Estou faminto — mentiu.

Assim que ouviu a porta do quarto de Alicia se fechar, Max largou o copo e foi para o galpão da garagem, em busca dos outros filmes da coleção particular de Jacob Fleischmann.

* * *

Max girou o interruptor do projetor, e o facho de luz inundou a parede com a imagem desfocada de algo que parecia ser um conjunto de símbolos. Aos poucos, o plano foi entrando em foco e Max entendeu que os supostos símbolos nada mais eram que números dispostos em círculo e que aquilo era o mostrador de um relógio. Os ponteiros estavam imóveis e projetavam uma sombra perfeitamente definida sobre o mostrador, o que demonstrava que a cena tinha sido filmada em pleno sol ou sob uma fonte de luz intensa. A câmera continuou parada no mostrador até que, de modo muito lento no início e aumentando progressivamente a velocidade, os ponteiros do relógio começaram a girar no sentido anti-horário. A câmera retrocedia e os olhos do espectador viam que o relógio estava pendurado numa corrente. Agora um retrocesso de cerca de um metro e meio revelava que a corrente estava suspensa numa mão branca. A mão de uma estátua.

Max reconheceu imediatamente o jardim de estátuas que já aparecia no filme de Jacob Fleischmann que tinha visto com a família dias antes. Mais uma vez, a disposição das estátuas era diferente da que Max recordava. A câmera começou a passear novamente em meio às figuras, sem cortes nem pausas, assim como no primeiro filme. A cada 2 metros, ela parava no rosto de cada uma das estátuas. Max examinou um a um os semblantes congelados daquela sinistra trupe circense e começou a imaginar a morte deles na escuridão absoluta dos porões do *Orpheus*, com a vida sendo levada pela água gelada.

Finalmente, a câmera foi se aproximando devagar da figura que ocupava o centro da estrela de seis pontas. O palhaço. O dr. Cain. O Príncipe da Névoa. Junto a ele, a seus pés, Max reconheceu a figura imóvel de um gato estendendo as garras afiadas para o vazio. Max, que não se lembrava de tê-lo visto em sua visita ao jardim de estátuas, apostaria três contra um que a inquietante semelhança entre o felino de pedra e o mascote adotado por Irina no primeiro dia na estação não era simples coincidência. Ao contemplar aquelas imagens com o som da chuva batendo nos vidros, enquanto a tempestade marítima invadia a terra, ficava muito fácil dar crédito à história que o velho faroleiro tinha contado naquela tarde. A presença sinistra daquelas figuras ameaçadoras era suficiente para calar qualquer dúvida, por mais razoável que fosse.

A câmera foi chegando perto do rosto do palhaço, parou a apenas meio metro e ficou ali durante vários segundos. Max deu uma olhada no rolo e viu que o filme estava chegando ao final. Mas um movimento na tela chamou sua atenção. O rosto de pedra estava se mexendo de um modo quase imperceptível. Max levantou e caminhou até a parede onde o filme estava sendo projetado. As pupilas daqueles olhos de pedra se dilataram, e os lábios se arquearam devagar num sorriso cruel que revelou uma comprida fileira de dentes longos e afilados como os de um lobo. Max sentiu um nó se formando em sua garganta.

Segundos depois, a imagem desapareceu e Max ouviu o barulho do rolo do projetor girando sobre si mesmo. O filme tinha chegado ao fim.

Max desligou o projetor e respirou fundo. Agora acreditava em tudo o que Víctor Kray tinha dito, o que não fazia com que se sentisse melhor, ao contrário. Através da janela, a distância, podia entrever o jardim de estátuas. Mais uma vez, a silhueta do recinto de pedra estava mergulhada numa névoa densa e impenetrável.

Mas, naquela noite, a névoa dançante não vinha do bosque, mas parecia emanar do interior do jardim.

Minutos depois, enquanto lutava para conciliar o sono e afastar o rosto do palhaço de sua mente, Max imaginou que aquela névoa nada mais era que o hálito gelado do dr. Cain, esperando sorridente que chegasse a hora de seu retorno.

CAPÍTULO DOZE

Na manhã seguinte, Max acordou com a sensação de que sua cabeça estava cheia de gelatina. O que podia ver pela janela de seu quarto prometia um dia ensolarado e brilhante. Levantou com preguiça e pegou o relógio de bolso na mesinha. A primeira coisa que pensou foi que o relógio estava quebrado. Levou-o ao ouvido e verificou que o mecanismo funcionava perfeitamente, portanto era ele quem tinha perdido a hora. Era meio-dia em ponto.

Pulou da cama e correu escada abaixo. Na mesa da sala de jantar havia um bilhete. Pegou e reconheceu a caligrafia de sua irmã.

Bom dia, bela adormecida.
Quando estiver lendo isso, eu já estarei na praia com Roland. Peguei sua bicicleta emprestada, espero que não se importe. Como vi que passou a noite no "cinema", achei melhor não acordar você. Papai ligou bem cedinho e disse que ainda não vão voltar para casa. Irina continua na mesma, mas os médicos dizem que deve sair do coma em alguns dias. Convenci papai de que não precisa se preocupar conosco (o que não foi nada fácil).

Claro que não tem nada para o café da manhã.
Estaremos na praia. Ótimos sonhos...
Alicia.

Releu o bilhete três vezes antes de deixá-lo de novo na mesa. Correu para o andar de cima e lavou o rosto com pressa. Enfiou um calção e uma camisa azul e foi para a garagem pegar a outra bicicleta. Antes de chegar à estradinha da praia, seu estômago começou a roncar exigindo sua refeição matutina. Ao chegar à cidade, fez um desvio e tomou o rumo da padaria da praça da prefeitura. O cheiro de pão, que dava para sentir a 50 metros do estabelecimento, e os consequentes grunhidos de aprovação do seu estômago confirmaram que tinha tomado a decisão certa. Três bolinhos e duas barrinhas de chocolate mais tarde, retomou o caminho para a praia com um largo sorriso de felicidade.

* * *

Alicia tinha deixado a bicicleta apoiada no cavalete, junto à estrada que conduzia à praia onde ficava a cabana de Roland. Max deixou a sua ao lado e pensou que, embora o vilarejo não parecesse ser um antro de ladrões, não seria demais comprar uma corrente. Parou para observar o farol no alto do rochedo e em seguida foi para a praia. Cerca de 2 metros antes de sair da trilha no meio do mato alto que desembocava na pequena baía, ele parou.

Na beira do mar, a 20 metros de onde estava, viu Alicia deitada no meio do caminho entre a água e a areia. Inclinado sobre ela, Roland, com a mão pousada no quadril de sua irmã. Ele se aproximou dela e beijou sua boca. Max deu dois passos para trás e se escondeu no matagal, esperando não ter sido visto. Ficou ali imóvel por alguns segundos, perguntando o que devia fazer agora. Aparecer caminhando como um idiota sorridente e dar bom-dia? Sair dali e dar um passeio?

Max não queria espiar, mas não pôde reprimir o impulso de olhar de novo para Alicia e Roland, por entre os ramos do matagal. Podia ouvir suas risadas e comprovar que as mãos de Roland percorriam timidamente o corpo de Alicia, com um tremor que indicava que aquela era a primeira ou, no máximo, a segunda vez em que se via diante de uma situação daquela grandeza. Ficou se perguntando se também seria a primeira vez de Alicia e, para sua surpresa, sentiu que era incapaz de dar uma resposta para essa incógnita. Embora tivessem partilhado o mesmo teto durante a vida inteira, sua irmã Alicia era um mistério para ele.

Vê-la ali, deitada na praia, beijando Roland, era desconcertante e completamente inesperado. Desde o começo, tinha percebido que havia uma corrente recíproca entre ela e Roland, mas uma coisa era imaginar e outra bem diferente era ver com seus próprios olhos. Inclinou-se mais uma vez para olhar e logo entendeu que não tinha direito de estar ali, que aquele momento pertencia apenas aos dois, sua irmã e Roland. Silenciosamente, voltou sobre seus passos até a bicicleta e afastou-se da praia.

Enquanto pedalava, ficou se perguntando se não estaria com ciúme. Talvez fosse só a reação por ter passado anos pensando que a irmã era uma menina grande, sem nenhum tipo de segredo, e que, é claro, não andava por aí beijando os outros. Por um segundo, riu de sua própria ingenuidade e pouco a pouco começou a se alegrar com o que tinha visto. Não podia prever o que aconteceria na semana seguinte, muito menos o que o fim do verão traria consigo, mas naquele dia Max teve certeza de que sua irmã estava feliz. E isso era muito mais do que podia dizer sobre ela em muitos anos.

 Pedalou de novo até o centro da cidadezinha e parou a bicicleta ao lado do edifício da prefeitura. Havia uma velha vitrine de vidro na entrada, anunciando os horários de atendimento ao público e outros comunicados, inclusive um mapa da cidade e a programação do único cinema num raio de vários quilômetros. Max centrou sua atenção no mapa, que estudou detidamente. A planta correspondia mais ou menos ao modelo mental que tinha feito.

 O mapa mostrava em detalhes o porto, o centro urbano, a praia do norte, onde ficava a casa dos Carver, a baía do *Orpheus* e o farol, os campos de esportes perto da estação de trem e o cemitério municipal. Uma centelha iluminou sua mente. O cemitério municipal. Por que não tinha pensado nisso antes? Consultou o relógio e viu que faltavam dez minutos para as duas da tarde. Pegou a bicicleta e seguiu pela avenida principal da cidade a caminho do interior, até o pequeno cemitério onde esperava encontrar o túmulo de Jacob Fleischmann.

* * *

O cemitério municipal era o clássico espaço retangular e ficava no final de um longo caminho ascendente, ladeado por altos ciprestes. Nada especialmente original. Os muros de pedra eram um pouco gastos e o lugar tinha o aspecto habitual dos cemitérios de cidade pequena, onde, com exceção de alguns poucos dias no ano, sem contar os enterros locais, as visitas eram escassas. Os portões estavam abertos e um cartaz metálico coberto de ferrugem anunciava que ficava aberto ao público das nove da manhã às cinco da tarde no verão e das oito às quatro no inverno. Se havia algum guarda, Max não conseguiu vê-lo.

No caminho para lá, Max tinha fantasiado com um lugar lúgubre e sinistro, mas o sol reluzente de início do verão lhe dava o aspecto de um pequeno claustro, tranquilo e vagamente triste.

Largou a bicicleta encostada no muro e entrou no campo-santo. O cemitério era povoado por modestos mausoléus, que provavelmente pertenciam às famílias de maior tradição local, e, ao redor, erguiam-se paredes com nichos de construção mais recente.

Max tinha pensado na possibilidade de que os Fleischmann tivessem preferido enterrar seu pequeno Jacob longe de lá, mas sua intuição dizia que os restos do herdeiro do dr. Fleischmann repousavam na mesma terra que o viu nascer. Max precisou de quase meia hora para encontrar o túmulo de Jacob, numa extremidade do cemitério, à sombra de dois velhos ciprestes. Tratava-se de um pequeno mausoléu de pedra, ao qual o tempo e as chuvas tinham dado certo ar de abandono e esquecimento. A construção tinha a forma de uma pequena casa de mármore escurecido e sujo, com um portão de ferro batido flanqueado por dois anjos que erguiam seus olhares lastimosos para o céu. Entre as grades enferrujadas do portão, um ramo de flores secas parecia ter se conservado desde tempos imemoriais.

Max sentiu que aquele lugar projetava uma aura comovente e, embora fosse evidente que não tinha sido visitado há muito tempo, os ecos da dor e da tragédia ainda pareciam recentes. Max entrou no pequeno caminho de pedras que levava ao mausoléu e parou na soleira. O portão estava entreaberto e o interior exalava um cheiro intenso de lugar fechado. A seu redor, o silêncio era absoluto. Deu uma última olhada para os anjos de pedra que guardavam o túmulo de Jacob Fleischmann e entrou, consciente de que, se esperasse mais um único minuto, sairia correndo daquele lugar com toda a pressa do mundo.

O interior do mausoléu estava mergulhado na penumbra, e Max vislumbrou um rastro de flores apodrecidas no chão terminando ao pé de uma lápide, sobre a qual se via o nome de Jacob Fleischmann esculpido em relevo. Mas havia algo mais. Sob o nome, o símbolo da estrela de seis pontas dominava a lápide que guardava os restos do menino.

Max sentiu um desagradável formigamento no ombro e, pela primeira vez, se perguntou o que estava fazendo sozinho naquele lugar. Às suas costas, a luz do sol parecia cada vez mais pálida. Max tirou o relógio e consultou a hora, com a ideia absurda de que talvez tivesse passado mais tempo do que devia lá dentro e o guarda do cemitério já tivesse fechado os portões, deixando-o preso. Os ponteiros de seu relógio indicavam três horas e dois minutos. Max respirou fundo e se acalmou.

Deu uma última olhada e, depois de comprovar que não havia nada ali que pudesse trazer uma nova luz ao caso do dr. Cain, resolveu partir. Foi então que percebeu que não estava sozinho no mausoléu e que uma silhueta escura se movia no teto, avançando silenciosamente como um inseto. Max sentiu o relógio escorregar de suas mãos banhadas de suor frio e levantou os olhos. Um dos anjos de pedra que tinha visto na entrada caminhava de cabeça para baixo no teto. A figura parou e, contemplando Max, exibiu um sorriso canino, estendendo um dedo acusador em sua direção. Lentamente, os traços daquele rosto foram se transformando e a fisionomia familiar do palhaço que mascarava o dr. Cain aflorou à superfície. Max pôde ler uma raiva e um ódio ardentes em seu olhar. Quis correr para a porta e fugir, mas suas pernas não obedeceram. Em alguns instantes, a aparição se desvaneceu na sombra e Max ficou ali, paralisado, durante cinco longos segundos.

Uma vez recuperado o fôlego, correu para a saída sem olhar para trás, até montar na bicicleta e colocar pelo menos 100 metros entre ele e a cerca do cemitério. Pedalar sem descanso o ajudou a recuperar gradualmente o controle dos nervos. Compreendeu que tinha sido objeto de um truque, de uma macabra manipulação de seus próprios medos. Mesmo assim, a ideia de voltar para recuperar seu relógio estava completamente fora de discussão no momento. Recobrada a calma, Max tomou de novo o caminho da baía, mas dessa vez não ia em busca de Alicia e Roland, mas do velho faroleiro para quem tinha reservado algumas perguntinhas.

* * *

O velho ouviu sua história do cemitério com grande atenção. Ao final do relato, concordou com a cabeça gravemente e pediu a Max que se sentasse junto dele.

— Posso lhe falar com franqueza? — perguntou Max.

— Espero que faça isso, rapazinho — respondeu o velho. — Vamos, adiante.

— Tenho a impressão de que ontem o senhor não contou tudo o que sabe. E não me pergunte por que acho isso. É uma intuição — disse Max.

O rosto do faroleiro permaneceu imperturbável.

— E o que mais você acha, Max? — perguntou Víctor Kray.

— Acho que o tal dr. Cain, ou quem quer que ele seja, vai fazer alguma coisa. Em breve — continuou Max. — E acho também que todas as coisas que andam acontecendo nesses dias são sinais do que está por vir.

— Do que está por vir — repetiu o faroleiro. — É um modo interessante de se expressar, Max.

— Olhe, sr. Kray — cortou Max —, acabei de levar um susto enorme. Faz vários dias que coisas muito estranhas estão acontecendo e tenho certeza de que minha família, o senhor, Roland e eu mesmo estamos correndo algum risco. A última coisa que estou disposto a aguentar são mais mistérios.

O velho sorriu.

— É assim que eu gosto. Direto e decidido — riu Víctor Kray, sem convicção. — Veja, Max, se contei a história do dr. Cain ontem, não foi para divertir vocês nem para recordar os velhos tempos. Fiz isso para que soubessem o que está acontecendo e tomassem cuidado. Você está preocupado há alguns dias; eu estou há 25 anos nesse farol com um único objetivo: vigiar essa besta-fera. É o único propósito da minha vida. E também vou ser franco, Max. Não vou jogar 25 anos fora só porque um moleque recém-chegado resolveu brincar de detetive. Talvez não devesse ter dito nada a vocês. Talvez a melhor coisa seja que esqueça tudo o que eu disse e se afaste dessas estátuas e do meu neto.

Max quis protestar, mas o faroleiro levantou a mão, ordenando que não abrisse a boca.

— O que contei é mais do que precisam saber — sentenciou Víctor Kray. — Não force as coisas, Max. Esqueça Jacob Fleischmann e queime esses filmes hoje mesmo. É o melhor conselho que posso lhe dar. E agora, rapazinho, fora daqui.

* * *

Víctor Kray ficou olhando Max se afastar pelo caminho com sua bicicleta. Tinha dirigido palavras duras e injustas àquele garoto, mas acreditava, no fundo de sua alma, que era a coisa mais sensata que podia fazer. O menino era inteligente, sua história não conseguiu enganá-lo. Sabia que estava escondendo alguma coisa, mas nem assim conseguiria entender a verdadeira dimensão daquele segredo. Os acontecimentos estavam se precipitando e, depois de 25 anos, o medo e a angústia pelo ressurgimento do dr. Cain se materializavam diante dele no ocaso de sua vida, no momento em que se sentia mais fraco e sozinho.

Víctor Kray tentou afastar da mente a amarga lembrança de toda uma existência ligada àquele personagem sinistro, desde o sujo subúrbio de sua infância até a prisão no farol. O Príncipe da Névoa tinha levado o melhor amigo de sua infância, a única mulher que tinha amado e, finalmente, tinha roubado cada minuto de sua longa maturidade, transformando-o numa sombra. Durante as intermináveis noites no farol, costumava imaginar como teria sido sua vida se o destino não tivesse cruzado seu caminho com o daquele poderoso bruxo. Agora sabia que as lembranças que o acompanhariam em seus últimos anos de vida seriam apenas fantasias de uma biografia que nunca pôde viver.

Sua única esperança estava depositada em Roland e na firme promessa que fez a si mesmo de garantir para ele um futuro distante daquele pesadelo. Restava muito pouco tempo e suas forças já não eram as mesmas que o sustentaram anos atrás. Em apenas dois dias, se completariam 25 anos da noite em que o *Orpheus* tinha naufragado a poucos metros dali e

Víctor Kray sentia que, a cada minuto que passava, Cain adquiria mais poder.

O velho se aproximou da janela e contemplou o vulto escuro do *Orpheus* mergulhado nas águas azuis da baía. Ainda restavam algumas horas de sol antes que escurecesse e caísse aquela que podia ser sua última noite na cabine no farol, à espreita.

* * *

Quando Max entrou na casa de praia, o bilhete de Alicia continuava em cima da mesa da sala de jantar, o que indicava que a irmã ainda não tinha voltado e permanecia na companhia de Roland. A solidão reinante na casa veio se juntar à que sentia por dentro naquele momento. As palavras do velho ainda soavam em seus ouvidos. Embora estivesse magoado com o tratamento dispensado pelo faroleiro, Max não acalentava nenhum ressentimento. Tinha certeza de que aquele homem escondia alguma coisa, mas também estava certo de que tinha uma razão poderosa para agir daquela maneira. Subiu para o quarto e deitou na cama, pensando que o assunto era grande demais para ele e que, embora as peças do enigma estivessem à disposição, não seria capaz de encontrar a maneira certa de encaixá-las.

Talvez devesse seguir os conselhos de Víctor Kray e esquecer toda a história, nem que fosse só por algumas horas. Olhou para a mesinha de cabeceira e viu que o livro de Copérnico continuava lá, como um antídoto racional para todos os enigmas que o cercavam. Abriu o livro no ponto em que o deixou na última leitura e tentou se concentrar nas considerações sobre o rumo dos planetas no cosmos. Quem sabe a ajuda de Copérnico não cairia como uma luva para destrinchar a trama daquele mistério. No entanto, mais uma vez, parecia evidente que Copérnico tinha escolhido a época errada para passar suas férias no mundo: num universo infinito, havia muitas e muitas coisas que escapavam à compreensão humana.

CAPÍTULO TREZE

Horas mais tarde, quando Max já tinha jantado e faltavam só dez páginas para acabar o livro, o som das bicicletas entrando no jardim na frente da casa chegou aos seus ouvidos. Max escutou o murmúrio das vozes de Roland e Alicia sussurrando durante quase uma hora lá embaixo, na varanda. Por volta da meia-noite, Max largou de novo o livro na mesinha e apagou o lampião. Finalmente, ouviu a bicicleta de Roland se afastando pelo caminho da praia e os passos de Alicia subindo a escada devagar. Os passos da irmã pararam um instante diante de sua porta. Segundos depois, recomeçaram em direção ao próprio quarto. Max ouviu a irmã deitar na cama e soltar os sapatos no chão de madeira. Reviu a imagem de Roland beijando Alicia naquela manhã, na praia, e sorriu na penumbra. Pela primeira vez, tinha certeza de que a irmã ia demorar muito mais do que ele para adormecer.

* * *

Na manhã seguinte, Max resolveu madrugar mais do que o sol e ao amanhecer já estava pedalando sua bicicleta rumo à padaria da cidade, com a intenção de comprar um delicioso café da manhã para impedir que Alicia preparasse alguma coisa (pão com geleia, manteiga e leite) por conta própria. Bem cedinho, o vilarejo ainda estava mergulhado numa calma que recordava as manhãs de domingo na cidade grande. Apenas alguns pedestres silenciosos quebravam a sonolência das ruas, nas quais até as casas, com as janelas fechadas, pareciam adormecidas.

Lá longe, além da embocadura do porto, os poucos barcos de pesca que formavam a frota local partiam rumo ao mar aberto, para não voltar antes do crepúsculo. O padeiro e sua filha, uma jovenzinha roliça de bochechas rosadas que dava três de sua irmã Alicia, cumprimentaram Max e, enquanto preparavam uma maravilhosa bandeja de bolinhos recém-assados, perguntaram pelo estado de Irina. As notícias voavam e, ao que parecia, o médico da cidadezinha desempenhava outras atividades além de medir temperaturas.

Max conseguiu chegar em casa antes que os bolinhos fumegantes perdessem seu calor irresistível. Sem relógio, não sabia com certeza que horas seriam, mas imaginava que deviam faltar poucos minutos para as oito. Diante da perspectiva pouco agradável de ficar esperando Alicia acordar para poder tomar café, resolveu adotar uma artimanha esperta: com a desculpa do café da manhã quentinho, preparou uma bandeja com as compras da padaria, leite e um par de guardanapos e subiu até o quarto de Alicia. Bateu na porta até ouvir a voz sonolenta da irmã responder com um murmúrio incompreensível.

— Serviço de quarto — disse Max. — Posso entrar?

Empurrou a porta e entrou no quarto. Alicia tinha enfiado a cabeça embaixo do travesseiro. Max deu uma olhada no quarto, na roupa pendurada na cadeira e na galeria de objetos pessoais de Alicia. O quarto de uma mulher sempre pareceu um mistério fascinante para Max.

— Vou contar até cinco — disse Max — e vou começar a comer.

O rosto de sua irmã surgiu sob o travesseiro, farejando o cheirinho de manteiga no ar.

* * *

Roland esperava por eles na beira da praia, vestido com uma calça velha com as pernas cortadas fazendo as vezes de calção de banho. Junto a ele, havia um barquinho de madeira cujo comprimento não devia chegar aos 3 metros. O barco parecia ter passado os últimos trinta anos encalhado na praia, e a madeira tinha adquirido um tom acinzentado que as poucas manchas de tinta azul que ainda restavam mal conseguiam esconder. Contudo, Roland admirava seu pequeno barco como se fosse um iate de luxo. E enquanto os dois irmãos desviavam das pedras a caminho da beira da praia, Max comprovou que Roland tinha pintado o nome da embarcação no casco recentemente, talvez naquela mesma manhã: *Orpheus II*.

— Desde quando você tem um barco? — perguntou Alicia, indicando a embarcação raquítica onde Roland tinha colocado o equipamento de mergulho e um par de cestas com um conteúdo misterioso.

— Faz exatamente três horas. Um dos pescadores da cidade ia desmontá-lo para usar como lenha, mas consegui convencê-lo a deixá-lo comigo em troca de um favor — explicou Roland.

— Um favor? — perguntou Max. — Acho que você é quem fez um favor a ele.

— Pode ficar em terra se preferir — replicou Roland, zombeteiro. — Vamos, todos a bordo.

A expressão "a bordo" soava um pouco inadequada para o *barco* em questão, mas, percorridos 15 metros, Max teve que admitir que suas previsões de naufrágio instantâneo não se realizaram. De fato, o barquinho navegava com firmeza sob o comando das remadas enérgicas de Roland.

— Trouxe uma pequena invenção que vai surpreender vocês — anunciou Roland.

Max examinou uma das cestas tampadas e levantou a tampa alguns centímetros.

— O que é isso? — murmurou.

— Uma janela submarina — esclareceu Roland. — Na realidade, é uma caixa com um vidro na base. Colocada na superfície da água, permite que se veja o fundo sem mergulhar. É como uma janela.

Max apontou para Alicia.

— Assim pelo menos você vai conseguir ver alguma coisa — insinuou, cheio de ironia.

— Quem foi que disse que vou ficar aqui? Hoje quem desce sou eu — respondeu Alicia.

— Você! Como, se não sabe mergulhar? — exclamou Max, tentando irritar a irmã.

— Se você chama aquilo que fez outro dia de mergulhar, não sei mesmo — zombou Alicia, pronta para a briga.

Roland continuou remando, sem colocar mais lenha na discussão dos dois irmãos, e parou a canoa a uns 40 metros da beira. Embaixo deles, a sombra escura do casco do *Orpheus* se desenhava no fundo do mar como um grande tubarão estendido na areia, à espreita.

Roland abriu uma das cestas e tirou uma âncora enferrujada presa por uma grossa corda e visivelmente gasta. Diante de tanta aparelhagem, Max imaginou que todos aquelas aquisições náuticas faziam parte do lote que Roland tinha negociado ao salvar o mísero barquinho de um fim digno e mais apropriado a seu estado.

— Atenção, deitar ferro! — exclamou Roland, lançando a âncora no mar. O peso morto desceu na vertical, levantando uma pequena nuvem de borbulhas e arrastando quase 15 metros de corda.

A correnteza arrastou o barco por uns 2 metros e só então Roland amarrou a outra ponta da corda a um pequeno anel que pendia da proa. O barquinho deslizou suavemente com a brisa até a corda se esticar, fazendo a estrutura de madeira ranger. Max deu uma olhada cheia de suspeita para as junturas do casco.

— Não vai afundar, Max. Confie em mim — afirmou Roland, tirando a janela submarina da cesta e colocando na água.

— Foram essas as palavras do capitão do *Titanic* antes de zarpar — replicou Max.

Alicia se inclinou para olhar através da caixa e, pela primeira vez, viu o casco do *Orpheus* descansando no fundo do mar.

— É incrível! — exclamou diante do espetáculo submarino.

Roland sorriu satisfeito e passou a máscara de mergulho e os pés de pato para ela.

— Espere só para ver de perto — disse Roland, colocando o equipamento.

A primeira a pular na água foi Alicia. Sentado na borda do barquinho, Roland deu uma olhadela tranquilizadora para Max.

— Não se preocupe. Tomo conta dela. Não vai acontecer nada — garantiu.

Roland pulou na água e reuniu-se a Alicia, que esperava a uns 3 metros de lá. Os dois acenaram para Max e, segundos depois, desapareceram sob a superfície.

* * *

Debaixo d'água, Roland pegou a mão de Alicia para guiá-la lentamente num giro por sobre os restos do *Orpheus*. A temperatura da água tinha caído um pouco desde a última vez em que tinham mergulhado e o esfriamento ficava mais palpável à medida que aumentava a profundidade. Roland estava acostumado a esse fenômeno, que se produzia eventualmente nos primeiros dias do verão, em especial quando as correntes frias que vinham do alto-mar fluíam com força abaixo de 6 ou 7 metros de profundidade. Diante da situação, Roland decidiu automaticamente que não ia permitir que Alicia ou Max mergulhasse com ele até o casco do *Orpheus* naquele dia. Teriam tempo de sobra no resto do verão para tentar.

Alicia e Roland nadaram ao longo do barco afundado. Paravam de vez em quando para subir, tomar ar e contemplar com calma o barco que jazia na meia-luz irreal das profundezas. Roland percebia a excitação de Alicia diante do espetáculo e não tirava os olhos dela. Percebeu que para mergulhar à vontade e com tranquilidade precisava estar sozinho.

Quando descia com alguém, particularmente com novatos no assunto como seus novos amigos, era obrigado a assumir o papel de babá submarina. Contudo, gostava muito de compartilhar com Alicia e o irmão aquele mundo mágico que durante anos tinha sido só seu. Era como se fosse o guia de um museu encantado acompanhando os visitantes num passeio alucinante por uma catedral submersa.

O panorama submarino, no entanto, oferecia outras atrações: gostava de contemplar o corpo de Alicia se movendo embaixo d'água. Sua pele adquiria uma palidez azulada e, a cada braçada, os músculos do tórax e das pernas se destacavam. Na verdade, era melhor observá-la assim, quando ela não percebia seu olhar nervoso. Subiram de novo para recuperar o fôlego e verificaram que a silhueta imóvel de Max estava a mais de 20 metros, sempre a bordo. Alicia sorriu eufórica, Roland correspondeu com outro sorriso, mas interiormente começou a achar que o melhor era voltar para o barquinho.

— Podemos descer até o *Orpheus* e entrar? — perguntou Alicia, com a respiração ofegante.

Roland percebeu que os braços e as pernas dela já estavam com a pele murcha.

— Hoje não — respondeu. — Vamos para o meu barco.

Alicia parou de rir, intuindo uma sombra de preocupação em Roland.

— Está acontecendo alguma coisa, Roland?

Roland sorriu placidamente e negou. Não queria falar de correntes submarinas de 5 graus centígrados naquele momento. Mas de repente, enquanto Alicia dava as primeiras braçadas em direção ao barquinho, Roland sentiu seu coração dar um salto. Uma sombra escura se movia no fundo da baía, a seus pés. Alicia virou para olhar para ele. Roland mandou que seguisse em frente sem parar e mergulhou a cabeça para inspecionar o fundo.

Uma silhueta negra, semelhante à de um peixe enorme, nadava sinuosamente ao redor do *Orpheus*. Por um segundo Roland pensou que se tratava de um tubarão, mas num segundo olhar viu que estava equivocado. Continuou nadando atrás dela, sem afastar os olhos daquela forma estranha que parecia segui-los. A silhueta serpenteava à sombra do casco do *Orpheus*, sem se expor diretamente à luz. Tudo o que Roland conseguia distinguir era um corpo alongado, semelhante ao de uma grande serpente, e uma luz bruxuleante que o envolvia como um manto de reflexos mortiços. Roland olhou para o seu barco e calculou que ainda faltavam mais de 10 metros para chegar lá. A sombra abaixo dos seus pés mudou de rumo. Roland inspecionou o fundo e compreendeu que aquela coisa estava saindo em direção à luz e que, lentamente, subia até eles.

Implorando para que Alicia não tivesse visto nada, agarrou a garota pelo braço e começou a nadar com todas as suas forças em direção ao barquinho. Assustada, Alicia olhou para ele sem entender.

— Para o barco! Corra! — gritou Roland.

Alicia não entendia o que estava acontecendo, mas o rosto de Roland refletia um pânico tão grande que ela nem parou para pensar ou discutir e fez o que ele disse. O grito de Roland também alertou Max, que viu o amigo e Alicia nadando desesperadamente em sua direção. Um segundo depois, viu a sombra escura subindo sob as águas.

— Meu Deus! — murmurou, paralisado.

Na água, Roland empurrou Alicia até sentir que tinha tocado o casco do barquinho. Max se apressou para pegar a irmã por baixo dos braços e puxá-la para cima. Alicia bateu os pés com força e, com a ajuda desse impulso, caiu em cima de Max, dentro do barco. Roland respirou profundamente e começou a fazer o mesmo. Da borda, Max estendeu a mão, mas Roland leu no rosto do amigo o terror diante de algo que estava às suas costas e, em seguida, sua mão começou a escorregar pelo antebraço de Max e ele teve a sensação de que não sairia com vida da água. Bem devagar, um abraço gelado agarrou suas pernas e, com uma força irresistível, o arrastou para as profundezas.

* * *

Superados os primeiros instantes de pânico, Roland abriu os olhos e tentou descobrir o que o estava arrastando para a escuridão do fundo do mar. Por um segundo, pensou que era vítima de uma alucinação. O que via não era uma forma sólida, mas uma estranha silhueta formada por uma coisa que parecia ser um líquido concentrado a uma densidade muito alta. Roland examinou a delirante escultura móvel de água que mudava sempre de forma e tentou se desfazer de seu abraço mortal.

A criatura de água se retorceu e o rosto fantasmagórico que tinha visto em sonhos, o semblante do palhaço, se virou para ele. O palhaço abriu a bocarra pontilhada de presas longas e afiadas como facas de açougueiro e seu olhos cresceram até o tamanho de um pires de chá. Roland sentiu que o ar lhe faltava. Aquela criatura, fosse o que fosse, podia moldar a própria aparência a seu bel-prazer e suas intenções pareciam bem claras: levar Roland para dentro do barco afundado. Perguntando-se por quanto tempo ainda seria capaz de prender a respiração antes de sucumbir e aspirar água, Roland viu a luz a sua volta sumir. Estava nas entranhas do *Orpheus* e a escuridão ao seu redor era absoluta.

* * *

Max engoliu em seco enquanto colocava a máscara de mergulho e se preparava para pular na água para ajudar Roland. Sabia que aquela tentativa de resgate era absurda. Só para começar, ele mal sabia mergulhar e, mesmo que soubesse, não queria nem imaginar o que ia acontecer se aquela estranha forma aquosa que tinha arrastado Roland viesse atrás dele embaixo d'água. Mas não podia ficar sentado no barco calmamente, vendo o amigo morrer. Enquanto colocava os pés de pato, sua mente sugeriu mil explicações razoáveis para o que acabara de acontecer. Roland tinha sofrido uma cãibra; uma mudança de temperatura tinha provocado um ataque... Qualquer teoria era melhor do que aceitar que a coisa que arrastou Roland para as profundezas era real.

Antes de descer, trocou um último olhar com Alicia. No rosto da irmã, lia-se claramente a luta entre a vontade de salvar Roland e o pânico de ver o irmão ter o mesmo destino. Antes que o senso comum os desanimasse, Max pulou e mergulhou nas águas cristalinas da baía. A seus pés, o casco do *Orpheus* se estendia até onde a visão se enevoava. Max bateu os pés até a proa do navio, no local onde viu pela última vez a silhueta de Roland se perder sob a água. Através das fendas no casco afundado, Max teve a impressão de ver umas luzes oscilantes que pareciam desembocar num débil refúgio de claridade que emanava da brecha aberta pelas rochas no porão há 25 anos. Max se dirigiu para aquela abertura. Parecia que alguém tinha acendido a chama de centenas de velas no interior do *Orpheus*.

Quando ficou em posição vertical diante da entrada para o barco, subiu à superfície para tomar ar e mergulhou de novo sem parar até chegar ao casco. Descer aqueles 10 metros foi muito mais difícil do que imaginava. No meio do caminho, começou a sentir uma dolorosa pressão nos ouvidos e teve medo de que seus tímpanos estourassem debaixo da água. Quando chegou à corrente fria, os músculos de todo o corpo se tensionaram como cabos de aço e ele teve que bater os pés com toda a força para evitar que ela o arrastasse como uma folha seca. Max agarrou firmemente a borda do casco e lutou para acalmar os nervos. Seus pulmões ardiam e ele sabia que estava a um passo do pânico. Olhou para a superfície e viu o diminuto casco do barquinho, infinitamente longe. Compreendeu que, se não agisse de imediato, de nada teria adiantado descer até ali.

A claridade parecia vir do interior do porão e Max seguiu aquele rastro que revelava o espetáculo fantasmagórico do barco afundado, parecendo uma macabra catacumba submarina. Percorreu um corredor cheio de farrapos de lona podre, que flutuavam como medusas. Na extremidade do corredor, Max viu uma escotilha entreaberta, atrás da qual a fonte daquela luz parecia se esconder. Ignorando as repulsivas carícias da lona apodrecida em sua pele, agarrou a manilha da escotilha e puxou com toda a força que foi capaz de reunir.

A escotilha dava para um dos principais depósitos do porão. No centro, Roland lutava para se livrar do abraço da criatura de água, que agora tinha adotado a forma do palhaço do jardim de estátuas. A luz que Max tinha visto emanava de seus olhos cruéis e desproporcionalmente grandes para o rosto. Max entrou no depósito e a criatura levantou a cabeça e olhou para ele. Max sentiu o impulso instintivo de sair correndo, mas a visão do amigo preso o obrigou a enfrentar aquele olhar de ódio enlouquecido. A criatura mudou de rosto e Max reconheceu o anjo de pedra do cemitério local.

O corpo de Roland parou de se contorcer e ficou inerte. A criatura o soltou e Max, sem esperar sua reação, nadou até o amigo e agarrou seu braço. Roland tinha perdido os sentidos. Se não o levasse para a superfície em alguns segundos, perderia a vida. Max puxou-o até a escotilha. Naquele momento, a criatura com forma de anjo e rosto de palhaço com longos caninos se lançou sobre ele, estendendo suas garras afiadas. Max estendeu o punho e atravessou o rosto da criatura. Não era nada além de água, tão fria que só o contato com a pele produzia uma dor ardente. O dr. Cain exibia seus truques novamente.

Max retirou o braço e a aparição se desvaneceu, e com ela, a luz. Usando o pouco de fôlego que ainda lhe restava, Max arrastou Roland pelo corredor do porão até o exterior do casco. Quando chegaram, seus pulmões pareciam a ponto de explodir. Incapaz de prender a respiração por um segundo a mais, soltou todo o ar. Pegou o corpo inerte de Roland e bateu os pés na direção da superfície, pensando que ia perder os sentidos a qualquer momento por falta de ar.

A agonia daqueles últimos 10 metros de subida parecia eterna. Quando por fim chegou à superfície, tinha nascido de novo. Alicia pulou na água e nadou até eles. Max respirou profundamente várias vezes, lutando contra a dor penetrante que sentia no peito. Subir o corpo de Roland para o barco não tinha sido fácil, e Max percebeu que, lutando para levantar o peso morto do corpo, Alicia tinha arranhado a pele dos braços contra as farpas da madeira do barquinho.

Depois de conseguir içá-lo a bordo, colocaram Roland de bruços e pressionaram seu peito repetidas vezes, obrigando os pulmões a cuspir a água que tinham inalado. Coberta de suor e com os braços sangrando, Alicia agarrou os braços de Roland e tentou forçar a respiração. Por fim, inspirou ar profundamente e, tapando as narinas do jovem, soprou todo o ar de modo enérgico na boca de Roland. Teve que repetir essa operação cinco vezes até que o corpo de Roland reagiu com uma violenta tremedeira e começou a cuspir a água do mar e a se agitar numa convulsão. Max tentou segurá-lo.

Finalmente, Roland abriu os olhos e aos poucos sua pele amarelada começou a ganhar cor. Max ajudou o amigo a levantar e a recuperar pouco a pouco a respiração normal.

— Estou bem — balbuciou Roland, levantando a mão para tentar tranquilizar os amigos.

Alicia deixou cair os braços e começou a chorar, soluçando como Max nunca tinha visto. Esperou alguns segundos até que Roland conseguisse se sustentar sozinho, pegou os remos e rumou para a praia. Roland olhava para ele em silêncio. Tinha salvado sua vida. Max adivinhou que aquele olhar desesperado e cheio de gratidão o acompanharia para sempre.

* * *

Os dois irmãos deitaram Roland na cama da cabana da praia e o cobriram com cobertores. Nenhum deles tinha vontade de falar do acontecido, pelo menos por enquanto. Era a primeira vez que a ameaça do Príncipe da Névoa se mostrava tão dolorosamente palpável e era difícil encontrar palavras para expressar a preocupação que sentiam naquele momento. O bom senso parecia indicar que era melhor atender às necessidades imediatas e foi o que fizeram. Roland tinha organizado uma farmacinha mínima na cabana e Max usou-a para desinfetar os arranhões de Alicia. Em poucos minutos, Roland adormeceu. Alicia o observava com uma expressão comovida.

— Ele vai ficar bem. Está exausto, é só isso — disse Max.

Alicia olhou para o irmão.

— E você, hein? Salvou a vida dele — disse Alicia, cuja voz delatava os nervos à flor da pele. — Ninguém seria capaz de fazer o que fez, Max.

— Ele teria feito o mesmo por mim — disse Max, que preferia evitar o assunto.

— Tudo bem com você? — insistiu a irmã.

— De verdade?

Alicia fez que sim.

— Acho que vou vomitar — sorriu Max. — Nunca me senti pior em toda a minha vida.

Alicia abraçou o irmão com força. Max ficou imóvel, com os braços caídos, sem saber se era só uma efusão de carinho fraternal ou uma expressão do terror que a irmã tinha sentido minutos antes, quando tentavam reanimar Roland.

— Amo você, Max — sussurou Alicia. — Ouviu bem?

Max ficou em silêncio, espantado. Alicia desfez o abraço fraternal e virou para a porta da cabana, dando-lhe as costas. Max percebeu que ela estava chorando.

— Nunca se esqueça disso, maninho — murmurou ela.
— E agora, trate de dormir um pouco. É o que vou fazer também.

— Se dormir agora, nunca mais levanto — suspirou Max.

Cinco minutos depois, os três amigos estavam profundamente adormecidos na cabana da praia e nada no mundo conseguiria acordá-los.

CAPÍTULO CATORZE

Ao cair da tarde, Víctor Kray parou a 100 metros da casa da praia, onde os Carver tinham fixado residência. Era a mesma casa onde a única mulher que ele tinha amado de verdade, Eva Gray, havia dado à luz Jacob Fleischmann. Ver aquela fachada branca novamente reabriu feridas que pensava cicatrizadas para sempre. As luzes da casa estavam apagadas e o lugar parecia vazio. Víctor Kray supôs que os meninos ainda deviam estar na cidadezinha com Roland.

O velho faroleiro percorreu o resto do caminho até a casa e cruzou a cerca branca que a rodeava. A mesma porta e as mesmas janelas que recordava perfeitamente reluziam sob os últimos raios do sol. O velho atravessou o jardim até o pátio dos fundos e saiu para o campo que se estendia atrás da casa da praia. O bosque se desenhava a distância e, antes dele, o jardim de estátuas. Fazia muito tempo que não voltava àquele lugar e parou de novo para observá-lo de longe, temeroso do que ele ocultava atrás de seus muros. Uma névoa densa se espalhava na direção da casa através das grades escuras do portão do jardim de estátuas.

Víctor Kray estava assustado e se sentia muito velho. O medo que corroía sua alma era o mesmo que teve, décadas antes, nas ruelas do subúrbio industrial onde ouviu pela primeira vez a voz do Príncipe da Névoa. Agora, no ocaso de sua vida, aquele círculo parecia se fechar e, rodada após rodada, o velho faroleiro percebia que não restaria nenhum ás disponível para a aposta final.

Avançou com passo firme até a entrada do jardim de estátuas. A névoa que brotava do interior o cobriu de imediato até a cintura. Víctor Kray introduziu a mão trêmula no bolso do casaco e extraiu seu velho revólver, meticulosamente carregado antes de sair de casa, e uma lanterna potente. Com a arma em punho, penetrou no recinto, acendeu a lanterna e iluminou o interior do jardim. O facho de luz revelou um panorama insólito. Víctor Kray abaixou a arma e esfregou os olhos, pensando que estava sendo vítima de alguma alucinação. Algo de errado tinha acontecido ou, pelo menos, aquilo não era o que esperava encontrar. Deixou o facho de luz atravessar a névoa novamente. Não era uma ilusão: o jardim de estátuas estava vazio.

Desconcertado, o velho se aproximou para observar os pedestais, inúteis e abandonados. Ao mesmo tempo em que tentava restabelecer a ordem em seus pensamentos, Víctor Kray percebeu o murmúrio distante de uma nova tempestade que se aproximava e levantou os olhos para o horizonte. Um manto ameaçador de nuvens escuras e turvas se estendia sobre o céu como uma mancha de tinta num tanque. Um raio cortou o céu em dois e o eco do trovão chegou da costa como o toque premonitório de uma batalha. Víctor Kray ouviu o lamento do temporal que se formava mar adentro e, finalmente, recordando que tinha contemplado aquela mesma visão a bordo do *Orpheus*, 25 anos antes, compreendeu o que estava para acontecer.

* * *

Max despertou empapado de suor frio e demorou alguns segundos para descobrir onde estava. Sentia o coração palpitar como o motor de uma velha moto. A poucos metros dele, reconheceu um rosto familiar: Alicia, adormecida ao lado de Roland, e lembrou que estava na cabana da praia. Poderia jurar que seu sono tinha durado apenas uns segundos, mas na verdade tinha dormido quase uma hora. Max levantou silenciosamente e foi para fora em busca de ar fresco, enquanto as imagens de um pesadelo angustiante de asfixia, no qual ele e Roland ficavam presos dentro do casco do *Orpheus*, se apagavam em sua mente.

A praia estava deserta e a maré alta tinha levado o barquinho de Roland mar adentro. A corrente não ia demorar para arrastá-lo ainda mais e o pequeno escaler se perderia ineslutavelmente na imensidão do oceano. Max se aproximou da beira-mar e molhou o rosto e os ombros com água fresca. Em seguida, foi até a curva, que formava uma pequena enseada, e sentou nas pedras, com os pés mergulhados na água e a esperança de encontrar a calma que o sono não conseguiu lhe dar.

Max intuía que por trás dos acontecimentos dos últimos dias havia alguma lógica oculta. A sensação de um perigo iminente era quase palpável no ar e, se parasse para pensar naquilo, veria que as aparições do dr. Cain traçavam uma linha ascendente. A cada hora que passava, sua presença parecia adquirir maior poder. Aos olhos de Max, tudo aquilo fazia parte de um mecanismo complexo que ia encaixando suas peças, uma a uma, e cujo centro convergia para o obscuro passado de Jacob Fleischmann, desde as enigmáticas visitas ao jardim de estátuas que tinha visto nos filmes da garagem até aquela criatura indescritível que quase acabou com suas vidas naquela mesma tarde.

Tendo em vista o acontecido naquele dia, Max não podia se dar ao luxo de esperar um novo encontro com o dr. Cain para agir: precisava se antecipar a seus movimentos e tentar prever qual seria o próximo passo. E só havia um jeito de descobrir: seguir a pista que Jacob Fleischmann tinha deixado anos antes, em seus filmes.

Sem se preocupar em acordar Alicia e Roland, Max montou na bicicleta e foi para a casa da praia. A distância, sobre a linha do horizonte, um ponto escuro brotou do nada e começou a se expandir como uma nuvem de gás letal. O temporal estava se formando.

* * *

De volta à casa dos Carver, Max prendeu o rolo de filme na bobina do projetor. A temperatura tinha caído nitidamente enquanto ele fazia o trajeto de bicicleta, e continuava a cair. Os primeiros ecos da tempestade podiam ser ouvidos entre as rajadas ocasionais de vento que golpeavam as janelas da casa. Antes de projetar o filme, Max subiu a escada correndo e vestiu agasalhos secos. A estrutura de madeira envelhecida da casa rangia sob seus passos e parecia vulnerável aos ataques do vento. Enquanto trocava de roupa, Max viu pela janela do quarto que o temporal se aproximava, cobrindo o céu com um manto de escuridão que antecipou o anoitecer em duas horas. Passou a tranca na janela, desceu de novo até a sala e ligou o projetor.

Mais uma vez, as imagens ganharam vida sobre a parede e Max se concentrou na projeção. Dessa vez, a câmera percorria um cenário familiar: os corredores da casa da praia. Vendo o filme, Max reconheceu o interior da sala em que estava agora. A decoração e os móveis eram diferentes, e a casa exibia um aspecto luxuoso e opulento para os olhos da câmera, que traçava lentos círculos, mostrando paredes e janelas, como uma porta aberta no tabuleiro do tempo que permitia visitar a casa quase uma década antes.

Depois de dois minutos no primeiro andar, o filme levava o espectador para o andar de cima.

Em seguida, da entrada do corredor, a câmera se aproximava da última porta, que levava ao quarto ocupado por Irina até o acidente. A porta se abria e a câmera penetrava no quarto mergulhado na penumbra. O aposento estava vazio e a câmera parava diante do armário embutido.

Passaram-se vários segundos sem que nada acontecesse e sem que a câmera registrasse qualquer movimento no quarto desocupado. De repente, a porta do armário se abriu com força, bateu na parede e ficou balançando nas dobradiças. Max forçou a vista para entender o que era aquilo que entrevia no interior do armário escuro. Foi então que viu uma mão enfiada numa luva branca emergir das sombras, sustentando um objeto brilhante pendurado numa corrente. Max adivinhou o que vinha a seguir: o dr. Cain saiu do armário e sorriu para a câmera.

Max reconheceu o disco que o Príncipe da Névoa tinha nas mãos: era o relógio que seu pai tinha lhe dado de presente e que ele tinha perdido no interior do mausoléu de Jacob Fleischmann. Agora estava em poder do mago, que de alguma maneira tinha levado seu objeto mais querido para a dimensão fantasmagórica das imagens em preto e branco que brotavam do velho projetor.

A câmera se aproximou do relógio e Max pôde ver nitidamente que seus ponteiros andavam para trás numa velocidade inverossímil e crescente até que ficou impossível distingui-los. Em pouco tempo, o disco de metal começou a soltar fumaça e faíscas e, por fim, o relógio pegou fogo. Max contemplava a cena, enfeitiçado, incapaz de desviar os olhos do relógio em chamas. Um instante depois, a câmera se deslocou bruscamente até a parede do quarto e focalizou uma velha penteadeira sobre a qual se via um espelho. A imagem se aproximou e parou para revelar com toda a clareza a figura da pessoa que segurava a câmera diante da lâmina de cristal do espelho.

Max engoliu em seco: por fim, ele se defrontava cara a cara com a pessoa que tinha feito aqueles filmes anos antes, naquela mesma casa. Podia reconhecer aquele rosto infantil e sorridente que filmava a si mesmo. Tinha alguns anos menos, mas as feições e o olhar eram os mesmos que tinha aprendido a reconhecer nos últimos dias: Roland.

Alguma coisa bloqueou o filme dentro do projetor, e o fotograma que estava na frente da lente começou a se fundir lentamente na tela. Max desligou o projetor e apertou os punhos para tentar controlar o tremor que tinha se apoderado de suas mãos. Jacob Fleischmann e Roland eram a mesma pessoa.

A luz de um relâmpago inundou a sala mergulhada na penumbra durante uma fração de segundos e Max percebeu que, por trás de uma das janelas, alguém batia no vidro com a mão, fazendo sinal de que queria entrar. Max acendeu a luz da sala e reconheceu o rosto cadavérico e aterrorizado de Víctor Kray, que, a julgar por sua aparência, devia ter visto um fantasma. Max foi até a porta e deixou o velho homem entrar. Tinham muito o que conversar.

CAPÍTULO QUINZE

Max estendeu uma xícara de chá quente ao velho faroleiro e esperou que ele se aquecesse.
Víctor Kray estava tiritando de frio e Max não sabia se devia atribuir aquilo ao vento gelado trazido pela tempestade ou ao medo que o velho parecia incapaz de esconder.

— O que estava fazendo lá fora, sr. Kray? — perguntou Max.

— Estive no jardim de estátuas — respondeu o faroleiro, recuperando a calma.

Víctor Kray bebeu um pouco de chá da xícara fumegante e deixou-a na mesa.

— Onde está Roland, Max? — perguntou o velho nervosamente.

— E por que quer saber? — replicou Max, num tom que não escondia a desconfiança que o faroleiro lhe inspirava, à luz de suas últimas descobertas.

O faroleiro percebeu seu receio e começou a gesticular com as mãos, como se quisesse explicar alguma coisa e não encontrasse as palavras.

— Max, vai acontecer uma coisa terrível hoje à noite se não fizermos algo para impedir — disse finalmente Víctor Kray, consciente de que sua afirmação não soava nada convincente. — Preciso saber onde está Roland. Sua vida corre grande perigo.

Max guardou silêncio e examinou o rosto suplicante do velho homem. Não acreditava numa só palavra do que o faroleiro acabava de dizer.

— Que vida, sr. Kray, a de Roland ou a de Jacob Fleischmann? — interpelou, esperando para ver a reação de Víctor Kray.

O velho fechou os olhos e suspirou, abatido.

— Acho que não entendi, Max — murmurou.

— Pois eu acho que entendeu, sim. Sei que estava mentindo, sr. Kray — disse Max cravando um olhar acusador no rosto do velho. — Quem é Roland na realidade? O senhor está nos enganando desde o começo. Por quê?

Víctor Kray levantou e caminhou até uma das janelas, dando uma olhada para fora, como se esperasse a chegada de alguma visita. Um trovão estremeceu a casa da praia. A tempestade estava cada vez mais próxima da costa e Max podia ouvir o som das ondas rugindo no oceano.

— Você precisa me dizer onde está Roland, Max — insistiu mais uma vez o faroleiro, sem parar de vigiar o exterior. — Não há tempo a perder.

— Não sei se posso confiar no senhor. Se você quer mesmo a minha ajuda, primeiro terá que me contar a verdade — exigiu Max, que não estava disposto a permitir que aquele homem o enrolasse de novo com meias verdades.

O velho se virou para ele, encarando-o com severidade. Max sustentou seu olhar com dureza, indicando que não ia de jeito nenhum conseguir intimidá-lo. Víctor Kray deve ter entendido a mensagem, pois caiu numa poltrona, derrotado.

— Está bem, Max. Vou lhe contar a verdade, se é isso que quer — murmurou.

Max sentou diante dele e fez que sim, disposto a ouvi-lo novamente.

— Quase tudo o que contei no outro dia no farol era verdade — começou o velho faroleiro. — Meu velho amigo Fleischmann prometeu ao dr. Cain que lhe entregaria seu primeiro filho em troca do amor de Eva Gray. Um ano depois do casamento, quando eu já tinha perdido contato com os dois, Fleischmann começou a receber visitas do dr. Cain, que recordava o conteúdo de seu pacto. Fleischmann tentou evitar o nascimento de um filho por todos os meios, chegando ao extremo de quase arruinar seu casamento. Depois do naufrágio do *Orpheus*, eu me senti na obrigação de escrever para liberá-los da condenação que tinha desgraçado a vida deles durante tantos anos. Pensava que a ameaça do dr. Cain tinha ficado sepultada para sempre no fundo do mar ou, na verdade, fui suficientemente insensato para convencer-me disso. Fleischmann se sentia culpado, em dívida comigo, e queria que nós três, Eva, ele e eu, voltássemos a ficar juntos, como nos tempos da universidade. Claro que era uma ideia absurda. Muitas coisas tinham acontecido desde então. Ainda assim, ele teve a extravagância de construir a casa da praia e foi debaixo daquele teto que seu Jacob nasceu algum tempo depois. O pequeno foi uma bênção do céu, que devolveu ao casal a alegria de viver. Pelo menos é o que parecia, porque, desde a noite de seu nascimento, vi que alguma coisa estava errada: voltei a sonhar com o dr. Cain na mesma madrugada. O menino crescia e Fleischmann e Eva estavam tão cegos de alegria que foram incapazes de reconhecer a ameaça que se fechava sobre eles. Dedicavam-se inteiramente à felicidade do menino, realizando todos os seus desejos. Nunca houve na Terra uma criança tão paparicada e mimada quanto Jacob Fleischmann. Mas pouco a pouco os sinais da presença do dr. Cain foram ficando mais palpáveis. Um dia, quando Jacob tinha 5 anos, ele se perdeu no pátio atrás da casa. Fleischmann e Eva procuraram por ele, desesperados, durante horas, mas não havia sinal do menino. Ao cair da noite, Fleischmann pegou uma lanterna e penetrou no bosque, temendo que o pequeno tivesse se perdido no mato e sofrido um acidente. Ele recordava que, quando construíram a casa, seis anos antes, havia um pequeno recanto fechado e vazio na entrada do bosque que, segundo diziam, teria sido, há muito tempo, uma espécie de canil desativado no início do século. Parece que era o lugar onde prendiam os animais que seriam sacrificados. Naquela noite, uma intuição levou Fleischmann a pensar que talvez o menino tivesse ficado preso lá dentro. Seu pressentimento estava parcialmente correto, mas não foi só o filho que ele encontrou ali.

"O recinto, que estava deserto há anos, era agora povoado por estátuas. Jacob estava brincando entre elas quando seu pai o encontrou e o tirou de lá. Dois dias depois, Fleischmann veio me visitar no farol e contou a história. Ele me fez jurar que, se acontecesse alguma coisa com ele, eu me encarregaria do menino. Mas aquilo foi só o começo. Fleischmann escondia da esposa os incidentes inexplicáveis que se sucediam em torno do filho, mas no fundo sabia muito bem que não havia escapatória e que, mais dia, menos dia, Cain voltaria para reclamar o que lhe pertencia."

— O que aconteceu na noite em que Jacob se afogou? — interrompeu Max, intuindo a resposta, mas desejando que as palavras do velho homem mostrassem que seus temores eram infundados.

Víctor Kray abaixou a cabeça e levou alguns segundos para responder.

— Era dia 23 de junho, como hoje e também como o dia em que o *Orpheus* naufragou. Uma terrível tempestade desabou no mar. Os pescadores correram para amarrar seus barcos e a população da cidade fechou portas e janelas, assim como tinham feito na noite do naufrágio. A cidadezinha se transformou numa aldeia-fantasma sob a tempestade. Na cabine do farol, um pressentimento horrível me assaltou: o menino estava correndo perigo. Atravessei as ruas desertas e vim para cá correndo. Jacob tinha saído de casa e caminhava na praia em direção ao mar, onde as ondas batiam com fúria. Caía um forte aguaceiro e a visibilidade era quase nula, mas consegui entrever uma silhueta brilhante que brotava da água e estendia seus longos braços para o menino, como tentáculos. Jacob parecia caminhar hipnotizado para aquela criatura de água, que quase não dava para ver na escuridão reinante. Era Cain, eu tinha certeza disso, mas parecia que, daquela vez, todas as suas identidades tinham se fundido numa silhueta mutante... É muito difícil descrever o que vi....

— Também vi essa mesma forma — interrompeu Max, poupando o faroleiro da descrição da criatura que tinha visto poucas horas antes.

— Fiquei me perguntando por que Fleischmann e a mulher não estavam lá, tentando salvar a criança, e olhei para a casa. Um bando de figuras circenses que pareciam corpos de pedra em movimento mantinha os dois presos na varanda.

— As estátuas do jardim — arriscou Max.

O velho confirmou.

— A única coisa que eu queria naquele momento era salvar o menino. Aquela coisa o envolvia em seus braços, arrastando-o para o mar. Quando me joguei contra a criatura, meu corpo atravessou o seu e a enorme silhueta de água se desfez na escuridão. Jacob tinha sumido na água. Mergulhei várias vezes e, finalmente, consegui tocar seu corpo no meio da escuridão e levá-lo de volta à superfície. Arrastei o menino para a areia, longe das ondas, e tratei de reanimá-lo. As estátuas tinham desaparecido junto com Cain. Fleischmann e Eva correram na minha direção para socorrer o filho, mas quando chegaram ele não tinha mais pulso. Levamos Jacob para dentro de casa e tentamos de tudo: inútil, ele estava morto. Fleischmann ficou fora de si e saiu para a praia, gritando contra o temporal e oferecendo sua vida a Cain em troca da vida do menino. Minutos depois, inexplicavelmente, Jacob abriu os olhos. Estava em estado de choque. Não reconhecia ninguém e não parecia lembrar nem o próprio nome. Eva envolveu o menino numa manta e levou-o para cima, para sua cama. Quando desceu de volta, alguns minutos mais tarde, aproximou-se de mim e, muito serenamente, disse que, se o menino continuasse com eles, sua vida correria perigo. Pediu que eu ficasse com ele e o criasse como se fosse meu próprio filho, como o filho que, se o destino tivesse tomado outro caminho, poderia ser nosso. Fleischmann não se atreveu a voltar para a casa. Aceitei o pedido de Eva Gray e pude ver em seus olhos que estava renunciando à única coisa que dava sentido à sua vida. No dia seguinte, levei o menino comigo. Não voltei a ver os Fleischmann.

Víctor Kray fez uma longa pausa. Max teve a impressão de que o velho faroleiro tentava conter as lágrimas, mas Víctor Kray escondeu o rosto entre as mãos brancas e envelhecidas.

— Um ano depois, soube que Fleischmann tinha morrido, vítima de uma estranha infecção que contraiu através da mordida de um cão selvagem. E até hoje não sei se Eva Gray ainda vive em algum lugar do país.

Max examinou o semblante abatido do velho e concluiu que estava enganado em seu julgamento, mas, se pudesse escolher, preferia ter confirmado que o faroleiro era um vilão a ser obrigado a enfrentar aquilo que suas palavras revelavam.

— O senhor inventou a história dos pais de Roland, até mesmo seu nome... — concluiu Max.

Kray confirmou, admitindo diante de um menino de 13 anos, que ele só tinha visto duas vezes, o maior segredo de sua vida.

— Então Roland não sabe quem é na realidade? — perguntou Max.

O velho negou várias vezes e Max percebeu que finalmente havia lágrimas de raiva em seus olhos, castigados por todos aqueles anos de vigilância no alto do farol.

— Então quem está enterrado no túmulo de Jacob Fleischmann no cemitério? — perguntou Max.

— Ninguém — respondeu o faroleiro. — Aquele túmulo nunca foi construído nem nunca se oficiou um funeral. O mausoléu que você viu outro dia apareceu no cemitério local na semana seguinte à tempestade. O povo da cidade acredita que Fleischmann mandou construí-lo para o filho.

— Não entendo — replicou Max. — Se não foi Fleischmann, quem o construiu e para quê?

Víctor Kray sorriu amargamente para o jovem.

— Cain — respondeu por fim. — Cain criou o mausoléu, reservando-o desde então para Jacob.

— Meu Deus! — murmurou Max, compreendendo que tinha desperdiçado um tempo precioso ao obrigar o velho a confessar toda a verdade. — Precisamos tirar Roland da cabana agora mesmo...

* * *

A batida das ondas que quebravam na praia acordou Alicia. A noite já tinha caído e, a julgar pelo intenso tamborilar da chuva no telhado da cabana, um forte temporal tinha desabado sobre a baía enquanto eles dormiam. Alicia levantou, atordoada, e viu que Roland continuava deitado na cama, murmurando palavras incompreensíveis em seu sono. Max não estava lá e Alicia imaginou que o irmão tinha saído para contemplar a chuva no mar: Max era fascinado pela chuva. Foi até a porta e abriu, dando uma olhada na praia.

Uma densa névoa azulada se arrastava do mar até a cabana como um espectro ofuscante, e Alicia ouviu dezenas de vozes que pareciam sussurrar dentro da neblina. Fechou a porta com força e se apoiou contra ela, decidida a não se deixar levar pelo pânico. Sobressaltado pelo ruído da porta batendo, Roland abriu os olhos e levantou com dificuldade, sem entender muito bem como tinha chegado até lá.

— O que houve? — conseguiu murmurar Roland.

Alicia abriu a boca para responder, mas alguma coisa a deteve. Roland contemplou estarrecido a densa névoa que penetrava por todas as frestas da cabana e envolvia Alicia. A menina gritou e a porta na qual estava apoiada saiu voando para fora, arrancada dos gonzos por uma força invisível. Roland saltou da cama e correu para Alicia, que se afastava em direção ao mar envolvida por aquela garra formada pela névoa vaporosa. Uma figura se interpôs em seu caminho, e Roland reconheceu o espectro de água que o arrastou para as profundezas do mar. A cara de lobo do palhaço se iluminou.

— Olá, Jacob — sussurrou a voz atrás dos lábios gelatinosos. — Agora sim vamos nos divertir.

Roland golpeou a forma aquosa, e a silhueta de Cain se desintegrou no ar, com litros e litros d'água despencando no vazio. Roland correu para fora e recebeu o golpe do temporal. Uma grande cúpula de nuvens espessas e arroxeadas tinha se formado sobre a baía. Lá de cima, um raio ofuscante caiu sobre um dos picos da escarpa, pulverizando toneladas de rochas e espalhando uma chuva de estilhaços incandescentes sobre a praia.

Alicia gritou, lutando para se safar do abraço mortal que a aprisionava, e Roland correu sobre as pedras até o mar. Estava tentando alcançar sua mão, quando uma onda mais forte o derrubou. Quando levantou de novo, toda a baía tremia a seus pés e Roland ouviu um enorme rugido que parecia subir das profundezas. Deu alguns passos para trás lutando para manter o equilíbrio e viu uma gigantesca forma luminosa emergir do fundo do mar e romper a superfície, levantando ondas de vários metros em todas as direções. No centro da baía, Roland reconheceu a silhueta de um mastro surgindo entre as águas e, lentamente, diante de seus olhos incrédulos, o casco do *Orpheus* veio à tona envolto num halo fantasmagórico.

De pé na ponte, envolto em sua capa, Cain levantou um bastão prateado para o céu e um novo raio caiu sobre ele, cobrindo todo o casco do *Orpheus* de luz resplandecente. O eco da cruel gargalhada do mago inundou a baía, enquanto a garra ameaçadora largava Alicia no chão, a seus pés.

— É você que eu quero, Jacob — sussurrou a voz de Cain na mente de Roland. — Se não quer que ela morra, venha pegá-la.

CAPÍTULO DEZESSEIS

Max pedalava sob a chuva quando o resplendor do raio o sobressaltou e revelou a visão do *Orpheus* ressurgido das profundezas e impregnado de uma luminosidade hipnótica que emanava do próprio metal. O velho navio de Cain navegava de novo sobre as águas enfurecidas da baía. Max pedalou até perder o fôlego, temendo chegar à cabana quando já fosse tarde demais. Tinha deixado para trás o velho faroleiro, que obviamente não conseguia acompanhar seu ritmo. Ao chegar à beira-mar, Max pulou da bicicleta e correu até a cabana de Roland. Descobriu que a porta havia sido arrancada e reconheceu na orla a silhueta paralisada de seu amigo, olhando enfeitiçado para o navio fantasma que sulcava as ondas. Max deu graças a Deus e correu para abraçá-lo.

— Tudo bem? — gritou contra o vento que açoitava a praia.

O olhar que Roland lhe devolveu era de pânico, como de um animal ferido e incapaz de escapar de seu predador. Max viu nele aquele rosto infantil que sustentava a câmera diante do espelho e sentiu um calafrio.

— Ele está com Alicia — disse Roland finalmente.

Max compreendeu que o amigo não podia entender o que estava se passando na realidade e intuiu que tentar explicar só ia complicar as coisas.

— Aconteça o que acontecer — disse Max —, afaste-se dele. Está me ouvindo? Afaste-se de Cain.

Roland ignorou suas palavras e entrou na água. As ondas já batiam em sua cintura quando Max foi atrás e tentou segurá-lo. Mais forte do que ele, Roland conseguiu se desvencilhar com facilidade, empurrando-o com força antes de começar a nadar.

— Espere! — gritou Max. — Você não sabe o que está acontecendo! Ele quer você!

— Já sei — replicou Roland sem lhe dar tempo de pronunciar uma única palavra mais.

Max viu o amigo mergulhar nas ondas e sair alguns metros mais adiante, nadando na direção do *Orpheus*. A metade prudente de sua alma pedia aos gritos que corresse de volta para a cabana, se escondesse debaixo da cama e só saísse de lá quando tudo tivesse acabado. Como sempre, Max deu ouvidos à outra metade e foi atrás do amigo com a certeza de que dessa vez não voltaria à terra com vida.

* * *

Os longos dedos de Cain enfiados numa luva se fecharam sobre o punho de Alicia como uma pinça e ela sentiu que o mago a puxava, arrastando-a pelo pavimento escorregadio do *Orpheus*. Alicia tentou se soltar daquela mão, debatendo-se com força. Cain virou e, levantando-a no ar sem o menor esforço, parou com o rosto a poucos centímetros do dela, que podia ver as pupilas daqueles olhos ardentes de ódio se dilatando e mudando de cor, do azul ao dourado.

— Fique quieta ou irá se arrepender — ameaçou o mago com voz metálica e sem vida — Não vou repetir, entendeu bem?

O mago aumentou dolorosamente a pressão de seus dedos e Alicia viu que, se não ficasse quieta, Cain acabaria pulverizando os ossos de seu punho como se fossem de argila seca. A menina entendeu que era inútil opor resistência e concordou nervosamente. Cain afrouxou a presa e sorriu. Não havia compaixão nem cortesia naquele sorriso, só ódio. O mago soltou sua mão e Alicia caiu de novo no convés, batendo a testa contra o metal. Apalpou a pele e sentiu a ardência aguda de um corte que se abriu na queda. Sem lhe dar um instante de trégua, Cain agarrou seu braço dolorido, arrastando-a para as entranhas do barco.

— Levante — ordenou o mago, empurrando-a através de um corredor que ficava atrás da ponte do *Orpheus* e levava aos camarotes do convés.

As paredes eram escuras e envolvidas pela ferrugem e por uma capa viscosa de algas negras. No chão, havia um palmo de água lodosa que desprendia vapores nauseabundos. Dezenas de despojos flutuavam e balançavam com o forte vaivém do barco entre as ondas. O dr. Cain agarrou Alicia pelos cabelos e abriu uma das escotilhas que dava para um camarote. Uma nuvem de gases e água apodrecida que tinham ficado presos lá dentro por 25 anos encheu o ar. Alicia prendeu a respiração. O mago puxou-a pelo cabelo com força, arrastando-a até a porta do camarote.

— A melhor suíte do barco, querida. O camarote do capitão para minha convidada de honra. Desfrute da companhia.

Cain empurrou-a brutalmente para dentro e fechou a porta às suas costas. Alicia caiu de joelhos e apalpou a parede atrás dela, em busca de um ponto de apoio. O camarote estava praticamente mergulhado na escuridão e a única claridade que conseguia penetrar ali vinha de uma estreita escotilha, que os anos sob a água tinham coberto com uma grossa crosta semitransparente de algas e restos orgânicos. O balanço incessante do barco na tempestade a empurrava contra as paredes do camarote. Alicia se agarrou num cano enferrujado e examinou a penumbra, lutando para afastar da mente o fedor penetrante que reinava naquele lugar. Seus olhos demoraram alguns minutos para se habituar às mínimas condições de luz, antes de permitirem que examinasse a cela que Cain tinha reservado para ela. Não havia outra saída à vista a não ser a escotilha que o mago tinha fechado ao sair. Alicia procurou desesperadamente uma barra de metal ou um objeto cortante para tentar forçar a porta, mas não encontrou nada. Enquanto apalpava na penumbra em busca de qualquer ferramenta que pudesse ajudá-la a fugir, suas mãos roçaram numa coisa que estava apoiada na parede. Alicia se afastou, assustada. Os restos irreconhecíveis do capitão do *Orpheus* caíram a seus pés e Alicia começou a entender o que Cain queria dizer ao falar de companhia. O tempo não tinha sido favorável ao velho holandês voador. O estrondo do mar e o temporal abafaram seus gritos.

* * *

A cada metro que Roland conseguia avançar a caminho do *Orpheus*, a fúria do mar o puxava para o fundo e ele voltava à superfície na crista de uma onda, envolvido pelo torvelinho de espuma cuja força não conseguia vencer. Diante dele, o barco se chocava com as muralhas de ondas que o temporal lançava contra o casco.

À medida que se aproximava, a violência do mar tornava mais difícil controlar a direção em que a corrente o arrastava e Roland teve medo de que um golpe mais forte das ondas o lançasse contra o casco do *Orpheus* e ele perdesse os sentidos. Se isso acontecesse, o mar o engoliria rapidamente e ele nunca conseguiria voltar à superfície. Mergulhou para evitar a crista de uma onda que caía sobre ele e saiu do outro lado, vendo a onda se afastar em direção à costa, deixando atrás de si um vale de água turva e agitada.

O *Orpheus* se erguia a menos de 12 metros de onde ele estava e, ao contemplar a parede de aço tingida de luz incandescente, viu que seria impossível subir até o convés. O único caminho viável era a brecha que as rochas tinham aberto no casco, provocando o naufrágio do navio, 25 anos antes. A brecha ficava na altura da linha de flutuação, aparecendo e sumindo sob as águas a cada embate com as ondas. As bordas de metal que cercavam o buraco negro pareciam a goela de uma grande besta marinha. A simples ideia de penetrar naquela armadilha já aterrorizava Roland, mas era sua única chance de encontrar Alicia. Lutou para não ser arrastado pela onda seguinte e, assim que a crista passou por ele, se lançou na direção do buraco do casco e penetrou como um torpedo humano em direção às trevas.

* * *

Víctor Kray atravessou o matagal selvagem que separava a baía do caminho do farol. A chuva e o vento batiam forte, freando seu avanço como mãos invisíveis que pareciam empenhadas em afastá-lo daquele lugar. Quando conseguiu chegar à praia, contemplou o *Orpheus* bem no meio da baía, navegando em linha reta para os rochedos, envolto numa aura de luz sobrenatural. A proa do barco rompia as ondas que varriam o convés e levantava uma nuvem de espuma branca a cada nova investida do oceano. Uma sombra de desespero se abateu sobre ele. Seus piores temores tinham se tornado realidade. Ele tinha fracassado: a idade enfraqueceu sua mente e o Príncipe da Névoa conseguiu enganá-lo de novo. Agora, só pedia aos céus que não fosse tarde demais para salvar Roland do destino que o mago tinha reservado para ele. Naquele instante, Víctor Kray teria dado sua vida com prazer, se isso garantisse a Roland uma chance, por menor que fosse, de escapar. No entanto, um obscuro pressentimento o fez pensar que tinha faltado à promessa feita à mãe do menino.

Víctor Kray se encaminhou para a cabana de Roland, com a esperança vã de encontrar seu neto. Não havia sinal de Max nem da mocinha, e a visão da porta da cabana derrubada na areia aumentou suas piores suspeitas. Mas, quando viu que havia luz dentro da cabana, uma centelha de esperança se acendeu em seu coração. O faroleiro se apressou a entrar, gritando o nome de Roland. A figura lívida e viva de um lançador de facas feito de pedra saiu para recebê-lo.

— Meio tarde para se lamentar, vovô — disse ele, e o velho reconheceu a voz de Cain.

Víctor Kray deu um passo para trás, mas havia alguém às suas costas e, antes que pudesse reagir, sentiu um golpe seco na nuca. Em seguida, tudo mergulhou na escuridão.

* * *

Max viu que Roland penetrava no *Orpheus* através do buraco no casco e sentiu que suas forças fraquejavam a cada nova investida das ondas. Ele não era um nadador comparável a Roland e teria que lutar muito para permanecer à tona durante muito tempo no meio daquele temporal, a menos que encontrasse um jeito de chegar ao barco. Por outro lado, a certeza do perigo que esperava por eles nas entranhas do *Orpheus* ficava mais evidente a cada minuto que passava e compreendeu que o mago estava atraindo todos eles para seu terreno, como moscas ao mel.

Depois de um estrondo ensurdecedor, Max viu uma imensa parede de água se erguer na popa do *Orpheus*, avançando em grande velocidade. Em poucos segundos, o impacto da onda arrastou o barco para o penhasco e a proa ficou presa nas rochas, provocando um violento abalo em todo o casco. O mastro que sustentava os sinais luminosos da ponte desabou ao lado do barco e a ponta veio parar a alguns metros de Max, que mergulhou no mar.

Ele fez um esforço para chegar até lá, agarrou-se ao mastro e descansou alguns segundos para recuperar o fôlego. Quando levantou os olhos, viu que a trajetória da queda tinha transformado o mastro numa ponte até a parte coberta do barco. Antes que uma nova onda o arrancasse de lá e o levasse para sempre, Max começou a subir no *Orpheus*, sem perceber que, apoiada na amurada a estibordo do navio, uma silhueta esperava por ele, imóvel.

* * *

A força da corrente arrastou Roland pelo porão inundado do *Orpheus* e ele teve que proteger o rosto com os braços para evitar os choques com os destroços do naufrágio. Roland seguiu à mercê da água até que um abalo em todo o casco o lançou contra a parede, onde conseguiu agarrar uma escadinha metálica que levava à parte superior do barco.

Roland subiu pela estreita escada e passou por uma escotilha que desembocava na escura sala de máquinas que ainda abrigava os motores destruídos do *Orpheus*. Atravessou os restos da maquinaria até o corredor que ia para a cobertura e, uma vez lá, percorreu o corredor dos camarotes até a ponte do barco. Com uma sensação estranha, Roland reconheceu cada canto daquela sala e todos os objetos, vistos tantas vezes em seus mergulhos submarinos. Daquele posto de observação, tinha uma visão completa da cobertura dianteira do *Orpheus*, onde as ondas varriam a superfície e iam morrer contra a plataforma da ponte. De repente, Roland sentiu que o *Orpheus* era empurrado para a frente por uma força irrefreável e, boquiaberto, viu o penhasco no meio das sombras, cada vez mais perto da proa do barco. Iam se chocar contra as rochas em questão de segundos.

Roland se apressou a agarrar a roda do timão, mas seus pés escorregaram na película de algas que cobria o pavimento. Rodou vários metros até bater contra a antiga aparelhagem de rádio. Seu corpo inteiro sofreu a vibração tremenda do impacto do casco contra os rochedos. Passado o pior momento, levantou e ouviu um som bem próximo, uma voz humana no fragor da tormenta. O som se repetiu e Roland conseguiu reconhecê-lo: era Alicia pedindo socorro aos gritos em algum lugar do navio.

* * *

Os 10 metros que Max teve que subir pelo mastro até o convés do *Orpheus* pareceram mais de 100. A madeira estava praticamente podre e tão cheia de farpas que, ao chegar por fim à borda do navio, seus braços e pernas estavam cobertos de pequenas feridas que ardiam intensamente. Max achou mais prudente não parar para examinar os machucados e estendeu uma mão para o parapeito metálico.

Depois de se agarrar firmemente, saltou meio sem jeito para o convés e caiu de bruços. Uma forma escura cruzou diante dele e Max levantou os olhos, com a esperança de ver Roland. A silhueta de Cain abriu a capa e exibiu um objeto dourado que balançava na extremidade de uma corrente. Max reconheceu seu relógio.

— Está procurando por isso? — perguntou o mago, ajoelhando-se junto ao rapaz e balançando diante de seus olhos o relógio perdido no mausoléu de Jacob Fleischmann.

— Onde está Jacob? — interrogou Max, ignorando a careta zombeteira que parecia grudada no rosto de Cain como uma máscara de cera.

— Essa é a pergunta do dia — respondeu o mago — e você vai me ajudar a encontrar a resposta.

Cain fechou a mão sobre o relógio e Max pôde ouvir o gemido do metal. Quando o mago mostrou de novo a palma aberta, do presente que seu pai fez para ele restava apenas um amontoado irreconhecível de pequenas porcas e parafusos amassados.

— O tempo, meu caro Max, não existe: é uma ilusão. Até o seu amigo Copérnico teria descoberto isso se tivesse tido tempo, justamente. Irônico, não é mesmo?

Max calculou as chances que tinha de saltar pela borda e escapar do mago. A luva branca de Cain se fechou em sua garganta antes que pudesse respirar.

— O que vai fazer comigo? — gemeu Max.

— O que você faria contigo se estivesse em meu lugar? — perguntou o mago.

Max sentiu que a pressão letal dos dedos de Cain lhe cortava a respiração e a circulação na cabeça.

— É uma boa pergunta, não?

O mago soltou Max no convés. O impacto do metal enferrujado contra seu corpo deixou sua visão turva por alguns segundos, e um espasmo de náusea tomou conta dele.

— Por que persegue Jacob? — balbuciou Max, tentando ganhar tempo para Roland.

— Trato é trato, Max — respondeu o mago. — E eu já cumpri minha parte no acordo.

— Mas que importância pode ter a vida de um moleque para você? — devolveu Max. — Além de tudo, já teve sua vingança quando matou o dr. Fleischmann, não foi?

O rosto do dr. Cain se iluminou, como se Max tivesse acabado de formular a pergunta que ele ansiava responder desde que tinham começado aquele diálogo.

— Quando não se paga um empréstimo, é preciso pagar os juros. Mas isso não anula a dívida. É a minha lei — sibilou a voz do mago. — E é o meu alimento. A vida de Jacob e de muitos como ele. Sabe há quantos anos percorro o mundo, Max? Sabe quantos nomes já tive?

Max negou, agradecendo cada segundo que o mago perdia falando com ele.

— Quantos? — respondeu com um fio de voz, fingindo uma temerosa admiração por seu interlocutor.

Cain sorriu eufórico. Mas naquele exato momento aconteceu o que Max temia. Entre os estrondos da tempestade, soou a voz de Roland chamando Alicia. Max e o mago trocaram um olhar: ambos tinham ouvido. O sorriso desapareceu do rosto de Cain, que rapidamente recuperou a face tenebrosa de um predador faminto e sanguinário.

— Muito esperto — murmurou.

Max engoliu em seco, preparado para o pior.

O mago girou a mão diante dele e Max contemplou, petrificado, a transformação de cada dedo numa longa agulha. A poucos metros dali, Roland gritou de novo. Cain se virou para olhar para trás e Max pulou para a borda do navio. A garra do mago se fechou sobre sua nuca e o fez girar lentamente: ficou cara a cara com o Príncipe da Névoa.

— É uma pena que seu amigo não tenha nem a metade de sua esperteza. Talvez devesse fazer negócios com você. Fica para a próxima — cuspiu a boca do mago. — Até a vista, Max. Espero que tenha aprendido a mergulhar desde a última tentativa.

Com a força de uma locomotiva, o mago lançou Max pelos ares, de volta ao mar. O corpo do garoto traçou um arco de mais de 10 metros e caiu sobre as ondas, afundando na forte corrente gelada. Max lutou para voltar à tona, batendo braços e pernas com todas as suas forças, tentando escapar da força mortal de sucção que parecia querer arrastá-lo para a negra escuridão do fundo do mar. Nadando às cegas, sentiu que seus pulmões estavam prestes a explodir, mas finalmente conseguiu chegar à superfície, a poucos metros das rochas. Inspirou profundamente e, lutando para se manter à tona, conseguiu usar as ondas para chegar pouco a pouco à beira da parede rochosa, onde conseguiu se agarrar numa ponta saliente e começou a subir para se colocar a salvo. As arestas afiadas das pedras arranharam sua pele e Max sentiu que pequenas feridas se abriam em seus membros, tão enrijecidos de frio que ele mal sentiu a dor. Lutando para não desmaiar, subiu alguns metros até encontrar um lugarzinho entre as rochas que ficava fora do alcance das ondas. Só então estendeu o corpo na pedra dura e descobriu que estava tão apavorado que quase não acreditava que tinha conseguido salvar sua vida.

CAPÍTULO DEZESSETE

A porta do camarote se abriu lentamente e Alicia, encolhida num canto no meio das sombras, ficou imóvel e prendeu a respiração. A sombra do Príncipe da Névoa se projetou no interior da sala e seus olhos, acesos como brasas, mudaram de cor, de dourado para um vermelho profundo. Cain entrou no camarote e se aproximou dela. Alicia lutou para esconder o tremor que tomava conta dela e encarou o visitante com um olhar desafiador. O mago exibiu um sorriso canino diante de tamanha demonstração de arrogância.

— Deve ser coisa de família: todo mundo com vocação para herói — comentou o mago amavelmente. — Estou começando a gostar de vocês.

— O que você quer? — disse Alicia, carregando sua voz trêmula com todo o desprezo que foi capaz de reunir.

Cain parecia estar refletindo sobre a questão e, tirando as luvas cuidadosamente, Alicia percebeu que suas unhas eram longas e afiadas como a ponta de um punhal. Cain apontou para ela com uma delas.

— Isso depende. O que você me sugere? — ofereceu o mago suavemente, sem afastar os olhos do rosto dela.

— Não tenho nada para lhe dar — replicou ela, lançando uma olhadela furtiva para a porta aberta do camarote.

Cain fez que não com o indicador, adivinhando suas intenções.

— Não seria uma boa ideia — comentou. — Mas voltemos ao nosso assunto... Por que não fazemos um trato? Um acordo entre adultos, por assim dizer.

— Que trato? — respondeu Alicia, se esforçando para escapar do olhar hipnótico de Cain, que parecia sugar sua vontade com a voracidade de um parasita de almas.

— Assim que eu gosto, vamos falar de negócios. Diga, Alicia, não gostaria de salvar Jacob, perdão, Roland? Ele é corajoso, creio eu — disse o mago, saboreando cada palavra de sua oferta com infinita delicadeza.

— E o que vai querer em troca? Minha vida? — devolveu Alicia, cujas frases brotavam da garganta quase sem lhe dar tempo para pensar.

O mago cruzou as mãos e franziu a testa, pensativo. Alicia percebeu que nunca piscava.

— Tinha pensado em outra coisa, minha querida — explicou o mago, acariciando o lábio inferior com a ponta do indicador. — Que tal a vida de seu primeiro filho?

Cain se aproximou lentamente até seu rosto ficar quase colado ao dela. Alicia sentiu o intenso fedor adocicado e nauseabundo que emanava de Cain. Enfrentando o seu olhar, Alicia cuspiu na cara do mago.

— Vá para o inferno — disse, mal contendo a raiva.

As gotas de saliva se evaporaram como se tivessem caído numa chapa de metal fervente.

— Minha cara menina, é de lá que venho — replicou Cain.

Lentamente, o mago estendeu sua mão nua até o rosto de Alicia. A menina fechou os olhos e sentiu o contato gelado daqueles dedos de longas e afiadas unhas sobre a pele de seu rosto durante alguns instantes. A espera se fez interminável. Finalmente, Alicia ouviu seus passos se afastando e a escotilha do camarote voltando a se fechar. O fedor de podre saiu pelas junturas da escotilha do camarote como o vapor sai da válvula de uma panela de pressão. Alicia teve vontade de chorar e bater nas paredes para aplacar sua raiva, mas fez um esforço para não perder o controle e manter a mente lúcida. Tinha que sair dali e não dispunha de muito tempo para isso.

Foi até a escotilha e apalpou o contorno em busca de uma brecha ou algum buraco que servisse para tentar abri-la. Nada. Cain a deixou trancada num sarcófago de alumínio enferrujado em companhia dos ossos do velho capitão do *Orpheus*. Naquele momento, um forte abalo sacudiu o barco e Alicia caiu de bruços no chão. Em poucos segundos, um som apagado começou a se fazer ouvir, vindo das entranhas da embarcação. Alicia apoiou o ouvido na escotilha e escutou com atenção: era o murmúrio inconfundível da água jorrando. Grande quantidade de água. Invadida pelo pânico, Alicia entendeu o que estava acontecendo: o casco estava sendo inundado e o *Orpheus* naufragava novamente, a começar pelos porões. Dessa vez, não conseguiu conter um grito de terror.

* * *

Roland tinha percorrido todo o navio à procura de Alicia, sem sucesso. O *Orpheus* tinha se transformado numa labiríntica catacumba submarina de corredores intermináveis e escotilhas trancadas. O mago podia ter escondido a garota em dezenas de lugares. Voltou à ponte de comando e tentou adivinhar onde ela poderia estar presa. O tranco que abalou o barco fez com que perdesse o equilíbrio e Roland caiu no cháo úmido e escorregadio. Por entre as sombras da ponte, Cain apareceu como se a sua silhueta tivesse brotado do metal rachado do piso.

— Estamos afundando, Jacob — explicou o mago com toda a calma, olhando ao redor. — Você nunca teve muito senso de oportunidade, não é mesmo?

— Não sei do que está falando. Onde está Alicia? — exigiu Roland, disposto a se jogar em cima de seu oponente.

O mago fechou os olhos e juntou as palmas das mãos como se fosse dizer uma oração.

— Em algum lugar desse barco — respondeu Cain tranquilamente. — Se já foi burro o suficiente para vir até aqui, não vá estragar tudo agora. Quer salvar a vida da mocinha, não é, Jacob?

— Meu nome é Roland — cortou o jovem.

— Roland, Jacob... O que é um nome? — riu Cain. — Eu mesmo tenho vários. Qual é o seu desejo, Roland? Quer salvar sua amiga. É isso, não?

— Onde foi que a enfiou? — repetiu Roland. — Maldito! Onde ela está?

O mago esfregou as mãos, como se tivesse frio.

— Sabe quanto tempo um barco como esse demora para afundar, Jacob? Não diga nada. Dois minutos, no máximo. Surpreendente, não acha? Quem diria! — riu Cain.

— Você quer Jacob ou como quer que eu me chame — afirmou Roland. — Pois já me tem, não vou fugir. Solte Alicia.

— Que original, Jacob — sentenciou o mago, aproximando-se do rapaz. — Seu tempo está acabando, meu rapaz. Um minuto.

O *Orpheus* começou a adernar levemente para estibordo. A água que inundava a embarcação rugiu sob seus pés, e a já debilitada estrutura de metal começou a vibrar fortemente diante da fúria com que as águas abriam caminho através das entranhas do barco, como ácido num brinquedo de papelão.

— O que devo fazer? — implorou Roland. — O que espera de mim?

— Muito bem, Jacob. Vejo que começamos a nos entender. Espero que cumpra a parte do acordo que seu pai não foi capaz de cumprir — respondeu o mago. — Nada mais. E nada menos.

— Meu pai morreu num acidente, eu... — começou a explicar Roland desesperadamente.

O mago colocou a mão no ombro do rapaz paternalmente. Roland sentiu o contato metálico de seus dedos.

— Meio minuto, meu caro. Um pouco tarde para histórias de família — atalhou Cain.

A água batia com força no convés onde ficava a ponte de comando e Roland deu uma última olhada suplicante ao mago. Cain se ajoelhou diante dele e sorriu.

— Fechamos esse acordo, Jacob? — sussurrou o mago.

As lágrimas brotaram dos olhos de Roland e lentamente ele fez que sim.

— Muito bem, Jacob, muito bem — murmurou Cain, — Bem-vindo ao lar...

Cain se levantou e indicou um dos corredores que partiam da ponte.

— A última porta desse corredor — informou o mago. — Mas ouça o meu conselho. Quando conseguir abri-la, já estaremos debaixo d'água e sua amiga não terá nem uma gota de ar para respirar. Mas você é um bom mergulhador, Jacob, vai saber o que fazer. Lembre-se do nosso trato...

Cain sorriu uma última vez e, enrolado na capa, sumiu na escuridão enquanto passos invisíveis se afastavam sobre a ponte, deixando marcas de metal fundido no casco do *Orpheus*. Roland ficou paralisado por alguns segundos, recuperando o fôlego, até que um novo estremecimento do barco o empurrou contra a roda petrificada do timão. A água tinha começado a inundar o nível da ponte.

Roland correu pelo corredor que o mago tinha indicado. A água brotava das escotilhas de abertura a pressão e inundava o corredor enquanto o *Orpheus* afundava progressivamente no mar. Roland bateu na porta com os punhos, mas foi inútil.

— Alicia! — gritou, embora soubesse que ela mal poderia ouvi-lo do outro lado por causa da espessura do aço. — É o Roland! Prenda a respiração! Vou tirar você daí!

Roland segurou a roda da escotilha e tentou girá-la com todas as forças, queimando a pele das mãos no esforço, enquanto a água gelada o cobria até a cintura e continuava a subir. A roda cedeu apenas alguns centímetros. Roland inspirou profundamente e forçou de novo, fazendo-a girar progressivamente até que a água gelada cobriu seu rosto e, por fim, inundou todo o corredor. A escuridão tomou conta do *Orpheus*.

Quando a escotilha se abriu, Roland mergulhou no interior do tenebroso camarote apalpando às cegas em busca de Alicia. Por um instante terrível, teve medo de que o mago o tivesse enganado e não houvesse ninguém ali. Abriu os olhos sob a água e tentou enxergar alguma coisa nas trevas submarinas, lutando contra a queimação no peito. Finalmente, suas mãos tocaram um pedaço do tecido do vestido de Alicia, que se debatia frenética entre o pânico e a asfixia. Abraçou-a e tentou tranquilizá-la, mas a menina não tinha como saber quem a tinha agarrado no meio daquela escuridão. Consciente de que só dispunha de poucos segundos, Roland agarrou-a pelo pescoço e puxou-a para o corredor. O navio continuava mergulhando em sua queda inexorável para as profundezas. Alicia se debatia inutilmente, mas Roland conseguiu arrastá-la até a ponte de comando através do corredor no qual flutuavam os despojos que a água tinha arrancado do fundo do *Orpheus*. Sabia que não podia sair do barco enquanto o casco não tivesse tocado o fundo porque, do contrário, a força de sucção iria arrastá-los inevitavelmente para a corrente submarina. No entanto, também não ignorava que tinham se passado pelo menos trinta segundos desde que Alicia tinha respirado pela última vez e que, a essa altura e tomada pelo pânico, ela ia começar a inalar água. Nessa situação, a subida até a superfície seria o caminho para uma morte certa. Cain tinha planejado cuidadosamente o seu jogo.

A espera de que o *Orpheus* tocasse o fundo parecia infinita e, quando o impacto afinal chegou, parte do teto da ponte de comando desabou sobre os dois. Uma dor muito forte subiu por sua perna e Roland viu que seu tornozelo estava preso sob o metal. O resplendor do *Orpheus* se desvanecia lentamente nas profundezas do mar.

Roland lutou contra a dilacerante agonia que atormentava sua perna e procurou o rosto de Alicia na penumbra. A garota estava de olhos abertos e se debatia à beira da asfixia. Não poderia conter a respiração nem mais um segundo e as últimas borbulhas de ar escaparam de seus lábios como pérolas portadoras dos instantes finais de uma vida que se extinguia.

Roland segurou seu rosto e fez com que Alicia olhasse para ele. Seus olhares se uniram nas profundezas e ela compreendeu imediatamente o que ele queria fazer. Alicia negou com a cabeça, tentando afastar Roland de si. Ele indicou seu tornozelo preso pelo abraço mortal das vigas metálicas do teto. Alicia nadou até a viga naquela água gelada e lutou para libertar Roland. Os dois trocaram um olhar desesperado. Nada nem ninguém conseguiria mover as toneladas de aço que prendiam Roland. Alicia nadou de volta para perto dele e abraçou-o, sentindo como se sua própria consciência se desvanecesse por falta de ar. Sem esperar nem mais um instante, Roland tomou o rosto de Alicia e, pousando os lábios sobre os dela, soprou em sua boca o ar que tinha guardado para ela, tal como Cain tinha previsto desde o início. Alicia aspirou o ar de seus lábios e apertou com força as mãos de Roland, unida a ele por aquele beijo de salvação.

Roland pousou sobre ela um olhar desesperado de adeus e empurrou-a contra a sua vontade para fora da ponte, onde Alicia começou vagarosamente a subida para a superfície. Aquela foi a última vez que Alicia viu Roland. Segundos depois, a menina emergiu no centro da baía. A tempestade se afastava aos poucos mar adentro, levando consigo todas as esperanças que ela tinha no futuro.

* * *

Quando Max viu o rosto de Alicia despontar no mar, jogou-se de novo na água e nadou apressadamente até ela. Sua irmã mal conseguia se manter à tona e balbuciava palavras incompreensíveis, tossindo de modo violento e cuspindo a água que tinha engolido durante a subida desde o fundo do mar. Max envolveu seus ombros e arrastou-a até um ponto em que dava pé, a poucos metros da praia. O velho faroleiro esperava na areia e correu para socorrê-los. Juntos, eles tiraram Alicia da água e estenderam seu corpo no chão. Víctor Kray tentou tomar seu pulso, porém Max retirou delicadamente a mão trêmula do velho.

— Ela está viva, sr. Kray — explicou Max, acariciando a testa da irmã. — Está viva.

O velho fez que sim e deixou Alicia aos cuidados de Max. Cambaleando como um soldado depois de uma longa batalha, Víctor Kray caminhou até a beira do mar e só parou quando a água já chegava à sua cintura.

— Onde está o meu Roland? — disse o velho, virando para Max. — Onde está meu neto?

Max o encarou em silêncio, vendo que a alma do velho e a força que tinha conseguido sustentá-lo durante todos aqueles anos desapareciam como um punhado de areia entre os dedos.

— Ele não vai voltar, sr. Kray — respondeu finalmente o garoto, com lágrimas nos olhos. — Roland não vai voltar.

O velho faroleiro olhou para ele como se não conseguisse entender suas palavras. Mas em seguida assentiu, voltando os olhos para o mar e esperando que o neto aparecesse para se juntar a ele. Paulatinamente, as águas retornaram à calma e uma grinalda de estrelas se acendeu no horizonte. Roland nunca voltou.

CAPÍTULO DEZOITO

Na manhã seguinte à tempestade que assolou a costa durante a longa noite de 23 de junho de 1943, Maximilian e Andrea Carver voltaram para a casa da praia com a pequena Irina, que já estava totalmente fora de perigo, embora ainda fosse precisar de mais algumas semanas para se recuperar por completo. Os fortes ventos que açoitaram o vilarejo até pouco antes do amanhecer deixaram um rastro de árvores e postes elétricos caídos, barcos arrastados do mar até a estrada da praia e janelas quebradas em boa parte das fachadas. Alicia e Max esperavam em silêncio, sentados na varanda, e desde o momento em que desceu do carro que os trouxe da cidade, Maximilian Carver leu em seus rostos que algo terrível tinha acontecido.

Antes que pudesse fazer a primeira pergunta, o olhar de Max o fez compreender que as explicações, se um dia fossem possíveis, teriam que esperar algum tempo. Mesmo sem saber exatamente o que tinha acontecido, o relojoeiro percebeu, daquele jeito que permite que algumas vezes na vida a gente entenda sem precisar de palavras ou argumentos, que por trás do olhar triste de seus filhos estava o final de uma fase de suas vidas que não voltaria nunca mais.

    Antes de entrar na casa da praia, Maximilian Carver olhou para o poço sem fundo dos olhos de Alicia, que contemplava a linha do horizonte como se esperasse encontrar todas as respostas para todas as perguntas, perguntas que nem ele nem ninguém poderia responder. De repente, em meio ao silêncio, se deu conta de que sua filha tinha crescido e de que algum dia, não muito distante, tomaria um novo caminho em busca de suas próprias respostas.

* * *

A estação de trem estava mergulhada numa nuvem de vapor vinda da locomotiva. Os últimos passageiros se apressavam a embarcar nos vagões, despedindo-se dos familiares e amigos que os acompanhavam na plataforma. Max observou o velho relógio da cidade e comprovou que dessa vez seus ponteiros estavam parados para sempre. O carregador se aproximou de Max e Víctor Kray com a palma da mão estendida e a clara intenção de conseguir uma gorjeta.

— As malas já estão no trem, senhor.

O velho faroleiro lhe deu algumas moedas e o rapaz se afastou, contando-as. Max e Víctor Kray trocaram um sorriso, como se aquela história fosse divertida e aquilo não fosse mais do que uma despedida rotineira.

— Alicia não pôde vir porque... — começou Max.

— Não precisa. Eu entendo — atalhou o faroleiro. — Despeça-se dela por mim. E cuide bem dela.

— Vou cuidar — respondeu Max.

O chefe da estação fez soar o apito: o trem estava prestes a partir.

— Não vai me dizer para onde vai? — perguntou Max, apontando para o trem que esperava nos trilhos. Víctor Kray sorriu e estendeu a mão ao jovem.

— Não importa onde estiver — respondeu o velho —, nunca conseguirei me afastar daqui.

O apito soou de novo. Víctor Kray era o único que ainda não tinha embarcado. O inspetor esperava ao pé da porta do vagão.

— Preciso ir, Max — disse o velho homem.

Max o abraçou com força e o faroleiro o apertou nos braços.

— Ah, claro, tenho uma coisa para você.

Max recebeu uma pequena caixa das mãos do faroleiro. Agitou-a suavemente: alguma coisa tilintava no interior.

— Não vai abrir? — perguntou Víctor Kray.

— Quando tiver partido — respondeu Max.

O faroleiro deu de ombros.

Víctor Kray caminhou até o último vagão e o inspetor estendeu a mão para ajudá-lo a subir. Quando estava no último degrau, Max correu de repente até ele.

— Sr. Kray! — exclamou.

O velho virou para ele com um ar divertido.

— Gostei muito de tê-lo conhecido, sr. Kray — disse Max.

Víctor Kray sorriu pela última vez e bateu suavemente no peito com o indicador.

— Eu também, Max — respondeu ele —, eu também.

O trem arrancou devagar e seu rastro de vapor se perdeu na distância para sempre. Max ficou na plataforma até o trem se transformar num pequeno ponto no horizonte, impossível de distinguir. Foi só então que abriu a caixinha que o velho tinha lhe dado e descobriu que continha um molho de chaves. Max sorriu. As chaves do farol.

EPÍLOGO

As últimas semanas do verão trouxeram novas notícias daquela guerra que, segundo diziam todos, tinha seus dias contados. Maximilian Carver tinha inaugurado sua relojoaria num local pequeno, perto da praça da igreja e, em pouco tempo, não havia um só morador da cidade que não tivesse visitado o pequeno bazar das maravilhas do pai de Max. A pequena Irina tinha se recuperado completamente e não parecia lembrar-se do acidente que sofreu na escada da casa da praia. Ela e a mãe costumavam dar longos passeios pela praia em busca de conchas e pequenos fósseis, com os quais começaram uma coleção que prometia ser a inveja das novas colegas de turma de Irina naquele outono.

Fiel ao legado do velho faroleiro, a cada entardecer, Max ia de bicicleta até a casa do farol e acendia a chama de luz que guiaria os barcos até um novo amanhecer. Max subia até a cabine e de lá contemplava o oceano, tal como tinha feito Víctor Kray durante quase toda a sua vida.

Numa dessas tardes no farol, Max descobriu que sua irmã Alicia costumava voltar à praia onde ficava a cabana de Roland. Ia sozinha e sentava junto ao mar, com o olhar perdido no horizonte, deixando as horas passarem em silêncio.

Nunca mais conversaram como tinham feito durante os dias que partilharam com Roland, e Alicia nunca mencionava o que tinha acontecido naquela noite na baía. Max respeitou seu silêncio desde o primeiro momento. Quando chegaram os últimos dias de setembro, anunciando o início do outono, a lembrança do Príncipe da Névoa parecia ter desaparecido definitivamente de sua memória como um sonho que desaparece à luz do dia.

Mas muitas vezes, enquanto observava a irmã lá embaixo na praia, Max recordava as palavras de Roland, quando o amigo confessou o medo de que aquele fosse o seu último verão na cidade, caso fosse recrutado. Agora, embora os irmãos não tocassem no assunto, Max sabia que a lembrança de Roland e daquele verão em que os dois descobriram a magia permaneceria entre eles, unindo-os para sempre.

1ª EDIÇÃO [2013] 11 reimpressões

ESTA OBRA FOI COMPOSTA PELA ABREU'S SYSTEM EM ADOBE GARAMOND
E IMPRESSA EM OFSETE PELA LIS GRÁFICA SOBRE PAPEL PÓLEN NATURAL
DA SUZANO S.A PARA A EDITORA SCHWARCZ EM MARÇO DE 2023

A marca FSC® é a garantia de que a madeira utilizada na fabricação do papel deste livro provém de florestas que foram gerenciadas de maneira ambientalmente correta, socialmente justa e economicamente viável, além de outras fontes de origem controlada.